D1727161

Cliff Millard

WENN DER ASPHALT BRENNT

UEBERREUTER

Das säurefreie und alterungsbeständige Papier EOS liefert Salzer, St. Pölten
(hergestellt aus chlorfrei gebleichtem Zellstoff aus nachhaltiger Forstwirtschaft).

ISBN 978-3-8000-5545-6
Umschlaggestaltung von init, Büro für Gestaltung, Bielefeld,
unter Verwendung eines Fotos von Getty Images, München
Lektorat: Peter Thannisch
Copyright © 2010 by Verlag Carl Ueberreuter, Wien
Druck: Friedrich Pustet, Regensburg
7 6 5 4 3 2 1

Ueberreuter im Internet: www.ueberreuter.at

DER KARATE-STAR

Jack Spade spannte die Muskeln an. Er trug seinen blütenweißen Karateanzug mit dem blauen Gurt und stand mitten in der
sonnendurchfluteten Trainingshalle. Die Fäuste waren geballt,
die Beine sprungbereit.

Jack war starr wie ein Felsen.

Seine Gegner kreisten ihn ein, wie er mit schnellen Seitenbli-
cken nach links und rechts feststellte. Es waren fünf Jungen und
Mädchen, die ihm an den Kragen wollten. Sie waren schnell, sie
waren clever und in der Überzahl.

Doch Jack verharrte immer noch. Nur ein leichtes Zittern seiner Nasenflügel bewies, dass er atmete.

Und dann startete Jack plötzlich durch.

Er bewegte sich nicht wie ein Typ, der ausrastet und dabei wild
um sich keult. Nein, Jack handelte so präzise und scharf wie die
Bügelfalte in seinem Karate-Anzug.

Blitzschnell feuerte er krasse Handkantenschläge und wilde
Tritte ab, so fix wie ein Held in einem schrillen Manga-Comic.

Jack räumte seine Widersacher aus dem Weg, bevor die sich
von der Überraschung erholen konnten.

Er erreichte den Ausgang der Trainingshalle, obwohl seine

Gegner ihn daran hindern wollten. Doch Jack fackelte nicht lange. Schon lagen die anderen Kämpfer als ein Knäuel aus Armen und Beinen auf dem mattengedämpften Boden.

Noch ein schwieriger Fauststoß, dann war der Keks gebissen. Jack hatte gesiegt.

Meister Matani klatschte in die Hände.

Der alte japanischstämmige Karatelehrer hatte den Kampf aus der Entfernung genau beobachtet. Es war keine wilde Keilerei gewesen, sondern eine Übung.

Die fünf Gegner erhoben sich leise stöhnend.

Meister Matani trat auf Jack und dessen unterlegene Widersacher zu. Alle verbeugten sich tief vor dem Meister, wie es beim fernöstlichen Kampfsport Brauch war. Jacks Herz schlug ihm bis in den Hals. Er war voll nervös.

Ob er die Prüfung bestanden hatte? Der Übungskampf war total schwer für ihn gewesen.

Jack ging zwei Mal pro Woche zum Training in »Matani's Karate School« in Beverly Hills. In diesem Stadtteil von Los Angeles lebte er auch mit seinen Eltern und seinem älteren Bruder.

Jack verzog den Mund, als er an Mark dachte. Sein Bruderherz veräppelte Jack nach Strich und Faden wegen dessen Karatefieber. Für Mark war die fernöstliche Kampfkunst nur ein albernes Herumgehampel. Mit dieser Einstellung ging er Jack natürlich voll auf den Senkel.

Aber der Junge hatte als Karatekämpfer Selbstbeherrschung

gelernt. Daher nahm er Marks Spott-Kanonaden zähneknirschend hin.

Besonders in den letzten drei Monaten war die Verhöhnung durch den älteren Bruder hammermäßig gewesen. Da hatte Jack nämlich auch bei den Eltern im Garten Karate geübt, um für die Prüfung fit zu sein. Und Mark hatte ihn dabei nachgeäfft, als ob er im Oberstübchen nicht ganz dicht wäre ...

Und nun – war vielleicht alles vergeblich gewesen?

An Meister Matanis Gesichtsausdruck konnte man unmöglich erkennen, ob Jack abgelost hatte oder nicht. Der japanischstämmige Amerikaner trug stets den gleichen pokermäßigen Gesichtsausdruck zur Schau.

Daher ging Jack der Hintern total auf Grundeis, als der Karatelehrer den Jungen in sein Büro zitierte. Jack hatte bei der Prüfung sein Bestes gegeben, das wusste er. Aber war das auch genug gewesen?

Der kleine Arbeitsraum hinter der Trainingshalle war spartanisch eingerichtet. Dort standen nur ein Tisch, zwei Stühle, ein PC und ein Regal. Außerdem hing an der Wand ein gerahmtes Foto von Funakoshi Gichin, dem Begründer des modernen Karatesports.

Mit einer knappen Handbewegung forderte Meister Matani seinen Schüler auf, Platz zu nehmen. Jack fiel es nicht schwer, sich zu setzen, denn seine Knie waren weich wie Softeis, und seine Stirn war von unzähligen kleinen Schweißtropfen bedeckt.

»Du hast die Prüfung mit Auszeichnung bestanden, Jack. Dennoch bin ich unzufrieden mit dir.«

Der Junge zuckte zusammen. Diese Bemerkung von Meister Matani konnte er nun überhaupt nicht wechseln. Der Karatelehrer lobte und kritisierte ihn in einem Atemzug. Hallo? Was sollte das denn bedeuten? Jack peilte es nicht.

Der Kampfsportmeister schaute seinen Schüler auffordernd an. Offenbar erwartete er eine Reaktion.

»Was – wie meinen Sie das, Meister?«

Etwas Besseres als diese Frage fiel Jack nicht ein. Zum Glück ließ die Antwort nicht lange auf sich warten.

»Du hast die Prüfung sehr gut gemeistert, Jack. Aber in deinem Gesicht lese ich deinen großen Selbstzweifel. Du musst auf dich selbst vertrauen, sonst wirst du niemals den wahren Sinn von Karate begreifen.«

Jack nickte, während seine Ohren so rot wurden wie die Augen einer üblen Fantasy-Bestie. Der erfahrene Kampfsportlehrer hatte Jacks wunden Punkt erkannt.

Oft war der Junge total unsicher, obwohl er seinen Sport liebte und mit Feuereifer bei der Sache war. Dass Jacks älterer Bruder ihn ständig mit blöden Witzen über Karate runtermachte, möbelte Jacks Selbstbewusstsein auch nicht gerade auf.

Aber – Jack hatte die schwere Prüfung bestanden! Das war die beste Nachricht, die er von Meister Matani kriegen konnte.

Doch der Kampfsportlehrer toppte sich noch selbst, und zwar mit der nächsten Ankündigung.

»Du bist sehr begabt, und darum wirst du als mein bester Schüler dieses Jahr zur Karate Challenge nach Tokio reisen.«

Jack wäre beinahe ausgeflippt, als er den Sinn von Meister Matanis Worten checkte. Nur die besten Karatesportler der Welt wurden zu diesem Event eingeladen. Dort hatte Jack die einmalige Chance, von den bekanntesten Karatetrainern Japans gecoacht zu werden.

Der Junge brachte die ganze Selbstbeherrschung auf, die ihm sein Meister beigebogen hatte. Deshalb sprang er nicht im Dreieck, sondern verbeugte sich nur tief und sagte: »Das ist eine große Ehre, Meister Matani.«

»Ja, und du wirst dich als würdig erweisen. Daran habe ich keine Zweifel, Jack. Du darfst eine Begleitperson mitnehmen, die Flüge und das Hotel zahlt unser Sponsor.«

Jack nickte abermals. Die Karateschule wurde von einem Fast-Food-Laden gesponsort, der mithilfe der durchtrainierten Kampfsportkids sein Fettfleck-Image aufpolieren wollte.

Das konnte Jack nur recht sein. Er zog sich selbst gelegentlich gern mal einen Hamburger rein, wie die meisten Jungen.

Aber bei dem Hammertraining, das er absolvierte, konnte er überhaupt keinen Speck ansetzen. Sein Bauch war jedenfalls immer noch so flach wie die Witze seines Bruders.

Zum Glück herrschten momentan in Kalifornien Sommerferien, daher konnte Jack sich kurzfristig loseisen. Die Karate Challenge sollte nämlich schon in einer Woche stattfinden, wie er nun erfuhr.

»Gib mir möglichst bald Bescheid, mit wem du reisen willst, Jack. Die Flugtickets werden nämlich auf eure Namen ausgestellt.«

Mit diesen Worten beendete Meister Matani die Unterredung.

DER NERVIGE BRUDER

Jack taumelte in Richtung Umkleide. Er war immer noch total überwältigt von der Aussicht, nach Tokio zu fliegen. Das war voll burnermäßig, vor allem für einen Karatefan wie ihn. Jack glaubte immer noch, im falschen Film zu sein.

Doch wenig später stand er frisch geduscht und in Jeans und T-Shirt auf dem Hof hinter der Karateschule. Nun brannte er darauf, seiner Familie endlich seinen Erfolg zu verkünden.

Jack schwang sich auf sein Mountainbike und düste Richtung Beverly Hills.

Die Spades wohnten in einer ruhigen grünen Vorstadtstraße, wo es nicht so versnobt zuging wie am Rodeo Drive, der Hauptstraße des Promi-Stadtteils.

Jack hatte Glück. An diesem späten Samstagnachmittag waren sowohl sein Dad als auch seine Mom daheim. Die Eltern freuten sich natürlich über die bestandene Prüfung. Doch als Jack von der Tokio-Reise anfing, umwölkte sich die Stirn seines Vaters.

»Das ist völlig unmöglich, mein Junge«, sagte Robert Spade. »Ich bin momentan in der Firma unabkömmlich. Wir haben ja schon den Familienurlaub deshalb verschieben müssen. Ich kann dich einfach nicht begleiten.«

»Ja, okay, das sehe ich ein.« Jacks Blick richtete sich hoffnungsvoll auf seine Mutter. »Und was ist mit dir, Mom? Du hast doch bestimmt Lust, dir Tokio anzusehen. Shopping bis zum Abwinken, coole Designermode ...«

»Das klingt verlockend, Schatz. Aber nachdem Tante Trudy neulich so schwer gestürzt ist, muss ich mich um sie kümmern. Ich bin die Einzige von meinen Schwestern, die noch in Los Angeles lebt. Und eine fremde Pflegekraft will ich nicht anheuern. Tante Trudy ist etwas schwierig, wie du weißt.«

Das ist noch untertrieben, dachte Jack. Tante Trudy lebte in einem Haus, das an eine Horrorfilmkulisse erinnerte. Von innen sah die Bruchbude allerdings picobello aus. Tante Trudy besaß immerhin geschätzte zweitausend Porzellanfigürchen, die alle täglich abgestaubt werden mussten. Wenn man das letzte Kitschteil gereinigt hatte, konnte man schon wieder von vorn anfangen.

Jack beneidete seine Mutter nicht darum, diesen Haushalt in Schuss halten zu müssen.

Mom seufzte bedauernd. Jack war sich sicher, dass sie ihn lieber nach Tokio begleitet hätte, als in Los Angeles den Staubwedel zu schwingen. Doch sie hatte ein zu gutes Herz, um Tante Trudy einfach im Stich zu lassen.

»Du willst also auch nicht mitkommen?«, vergewisserte er sich.

»Ich würde es gern, Schatz. Aber es geht einfach nicht.«

»Okay, das ist kein Problem. Einer von meinen Freunden aus

der Karateschule begleitet mich bestimmt gern, Mike oder Phil oder ...«

»Das kommt nicht in Frage!«, sagte Jacks Vater mit Bestimmtheit. »Ich lasse nicht zu, dass zwei Jungen in eurem Alter allein ins Ausland fliegen. Wer weiß, was da alles passieren kann. Nein, Jack – du wirst auf diese Reise verzichten müssen. Es tut mir leid.«

Jack war sprachlos. Nur weil seine Eltern keine Zeit hatten, sollte er auf diese einmalige Gelegenheit verzichten?

Er öffnete den Mund, um zu protestieren. Aber die Entschlossenheit auf Dads Gesicht bremste ihn im letzten Moment. Wenn er jetzt ausrastete und den wilden Mann markierte, würde er gar nichts erreichen. Er musste in Ruhe nachdenken, wenn es ihm auch extrem schwerfiel.

Für einen Karatekämpfer gibt es immer eine Lösung.

Diesen Satz hatte er von seinem Meister gelernt. Also riss er sich zusammen.

»In Ordnung. Ich gehe jetzt auf mein Zimmer.«

»Wir sind wegen der Prüfung sehr stolz auf dich, Jack. Wenn du einen Wunsch hast ...«

Mit diesen Worten wollte seine Mom ihn gewiss trösten. Aber Jack hatte nur einen Wunsch, nämlich nach Tokio zu fliegen. Daher schüttelte er nur stumm den Kopf und verließ das Wohnzimmer.

Er schloss die Tür leise, obwohl er sie am liebsten zugeknallt hätte.

Draußen atmete Jack erst einmal tief durch. Wut brachte nichts, diesen Satz hatte Meister Matani ihm immer wieder eingehämmert. Wer im Kampf nicht cool blieb, hatte schon verloren. Wer ausrastete, war ein leichtes Opfer für einen kaltblütigen Gegner.

Langsam latschte Jack die Stufen ins obere Stockwerk hoch, während er innerlich schon etwas runterfuhr. Er wollte sein Ziel erreichen, nämlich nach Tokio zu fliegen. Was musste er tun, um diesen Plan Wirklichkeit werden zu lassen?

Jack öffnete die Tür zu seinem Zimmer. Mark hatte seine Bude gleich nebenan. Sein älterer Bruder war zu Hause, jedenfalls konnte man den lauten Gangsta-Rap durch die dünne Wand kaum überhören. Aus Marks Zimmer dudelte grundsätzlich immer Musik, auch wenn Jack pauken oder einfach nur seine Ruhe haben wollte.

Und dann fiel Jack plötzlich die Lösung für sein Problem ein.

Mark musste mit nach Tokio!

Im ersten Moment erschrak Jack über seinen eigenen Einfall. Normalerweise brauchte er seinen älteren Bruder ungefähr so nötig wie chronischen Fußpilz. Mark war der geborene Chaot, machte ständig Stress und nahm null Rücksicht auf andere.

Und mit so einer Flachzange wollte Jack freiwillig in ein fremdes Land reisen?

Doch während er ruhelos durch sein Zimmer tigerte, nahm sein Plan immer mehr Gestalt an. Es ging ja hauptsächlich darum, die Erlaubnis der Eltern zu kriegen.

Mom und Dad wollten nicht, dass Jack mit wildfremden Menschen verreiste. Okay, aber Mark war ja kein Außenstehender, sondern sogar sein Bruder. Und außerdem hatte Mark vor einem Jahr nach kalifornischem Gesetz die Volljährigkeit erlangt, war also erwachsen – obwohl er sich nach Jacks Meinung meist wie ein Kleinkind aufführte.

Aber wenn sie erst einmal in Tokio waren, konnte Mark ja seine eigenen Wege gehen. Das würde er sowieso tun, denn der ältere Bruder fand Karate voll blöd und langweilig. Er würde gewiss nicht bei der Karate Challenge rumhängen und Jack dort blamieren ...

Je länger Jack über sein Vorhaben nachgrübelte, desto besser gefiel es ihm. Er war bereit, für seinen Traum alles zu tun. Dafür würde er sogar das Hotelzimmer mit seinem obernervigen Bruder teilen.

Aber mit diesem Entschluss war der Plan noch nicht abgehakt. Er musste noch Mark von der Reise überzeugen. Und das war eine schwerere Aufgabe als die erfolgreich bestandene Karateprüfung.

Doch wenn Jack sich etwas in den Kopf gesetzt hatte, dann gab es kein Halten mehr. Also verließ er sein Zimmer und ging sofort zu Mark hinüber.

ERPRESST!

Jacks Bruder hatte seine Anlage aufgedreht und hockte vor seinem PC. Ein Blick auf den Monitor bewies Jack, dass Mark wieder mal in einem Chatroom zugange war. Aber seine Online-Flirts würden warten müssen.

Mark grinste nur herablassend, als er Jack erblickte.

»Willst du wieder wegen der Musik rumstressen, Kleiner?«

Jack schüttelte den Kopf und schaltete die Anlage aus.

»Meinetwegen kannst du dir Gangsta-Rap reinziehen, bis dir die Ohren abfallen. Aber wir müssen reden.«

»Tickst du noch ganz sauber?«, nörgelte Mark. Aber er verzichtete darauf, Jack anzugehen. Der Karatekämpfer hatte sich nämlich kampfbereit vor der Musikanlage aufgebaut. Mark war zwar älter als Jack, aber trotzdem ein richtiger Spargeltarzan. Mit Sport stand Mark auf Kriegsfuß, und gegen seinen durchtrainierten Bruder hätte er keine Chance gehabt.

Trotzdem machte Mark gern einen auf dicke Hose, aber mehr als flache Sprüche waren von ihm nicht zu erwarten.

»Hör mir erst mal zu, bevor du rumtönst.«

Jack erklärte Mark mit einigen knappen Sätzen sein Vorhaben. Wie erwartet wurde Marks Grinsen noch breiter.

»Armer Kleiner, jetzt bist du völlig durchgeknallt. Du hast wohl beim Karatetraining zu viele Schläge auf den Kopf eingesteckt. Glaubst du im Ernst, dass ich mit dir nach Japan fliege?«

»Ja, das glaube ich. Schließlich hast du gerade Semesterferien. Du hängst doch hier sowieso nur rum.«

»Das ist meine Sache, kapiert? Außerdem – wieso sollte ich in Fernost den Babysitter für dich spielen?«

»Ganz einfach, Mark. Wenn du es nicht tust, dann erzähle ich Mom und Dad von der Sache mit Linda Cosgraves Hund.«

Mark fielen beinahe die Augen aus dem Kopf. Linda Cosgrave war ein Mädchen aus der Nachbarschaft. Ihre Mutter war mit Marks und Jacks Mom total eng befreundet. Linda besaß einen kleinen Schoßhund namens Darling.

Mark war vor ein paar Tagen auf den Dreh gekommen, Darling mit grüner Farbe einzusprühen, einfach so, als Gag. Dem Tier war zum Glück nichts passiert, aber Linda war völlig ausgetickt, und ihre Mom hatte sogar die Cops verständigt. Bisher hatte der Täter allerdings nicht gefasst werden können.

Jack hatte zufällig Marks Schwachsinnstat mitbekommen. Nun musste er diesen Trumpf ausspielen, denn dadurch hatte er seinen Bruder in der Hand.

Noch gab sich Mark ganz cool, obwohl ihm die Nervosität an der Nasenspitze anzusehen war.

»Willst du mich jetzt erpressen, du kleiner Verräter? Ha, vergiss es einfach! Mom und Dad würden dir nie glauben. Die trauen mir überhaupt nicht zu, dass ich Mist baue.«

Das stimmte allerdings, wie Jack selbst wusste. Obwohl Mark ständig in Schwierigkeiten steckte und einen Blödsinn nach dem anderen abzog, spielte er gegenüber den Eltern den Unschuldsengel. Bisher hatte Mark es meisterhaft verstanden, seine Taten zu vertuschen.

Aber so schnell gab Jack nicht auf.

»Das weiß ich selbst, Mark. Aber zum Glück habe ich einen handfesten Beweis. Die Spraydose mit der grünen Farbe, schon vergessen? Ich habe sie aus dem Müll geklaubt und beiseite geschafft, bevor die Tonne geleert wurde.«

Mark lachte Jack aus und tippte sich mit dem Zeigefinger gegen die Stirn.

»Ganz toll, du Hirni. Ich werde einfach behaupten, dass du selbst den blöden Darling begrünt hast. Was würdest du dazu sagen?«

»Auf der Spraydose sind nur deine Fingerabdrücke, Mark. Ich denke an die Folgen meines Handelns, im Gegensatz zu dir. Darum habe ich das Beweisstück mit Handschuhen angefasst. Die Cops würden sofort feststellen, dass die Prints auf der Dose von dir stammen und von keinem anderen.«

Während Jack sprach, bröckelte Marks coole Fassade immer mehr. Er schaute in Jacks entschlossenes Gesicht. Allmählich kapierte er, dass es seinem jüngeren Bruder bitterernst war.

Daraufhin versuchte es Mark auf die freundliche Tour.

»Komm schon, Bruder – was soll das Gequatsche von wegen Cops und so? Du wirst mich doch nicht verpfeifen, oder?«

»Nein, Mark. Du musst mich nur nach Tokio begleiten. Sobald wir wieder in L.A. sind, gebe ich dir die Spraydose.«

»Ich stelle das ganze Haus auf den Kopf«, drohte Mark. »Ich finde dieses verflixte Ding, verlass dich drauf!«

»Du wirst die Spraydose nie finden, weil ich sie anderswo aufbewahre«, sagte Jack. »Was ist schon so schlimm daran, nach Japan zu fliegen? Vor dem PC hängen kannst du auch in Tokio. Ich erwarte gar nicht, dass du mich zur Karate Challenge begleitest. Also, was ist?«

Mark blickte von Jack zu seinem Computer-Monitor und wieder zurück. Er würde den Ärger des Jahrhunderts kriegen, wenn seine Hunde-Verschönerungsaktion aufflog. Mom verstand in solchen Dingen überhaupt keinen Spaß, und auch Dad würde nicht gerade begeistert sein.

Nach einigen Minuten seufzte Mark und legte den Kopf in die Hände. »Erpresst vom eigenen Bruder, kaum zu glauben! Also gut, ich komme mit. Und wie lange muss ich mich in Tokio herumdrücken?«

»Die Karate Challenge dauert eine Woche.«

Mark zog ein Gesicht, als wäre er soeben selbst mit grüner Farbe eingesprüht worden. Doch dann nickte er langsam.

»Also gut, kleiner Bruder. Du hast gewonnen – diesmal. Aber das zahle ich dir heim, das schwöre ich dir.«

Die Drohung konnte Jack nicht einschüchtern. Er wusste genau, dass auf Marks großspurige Ankündigungen so gut wie niemals Taten folgten.

Er war total happy, dass sein Plan aufging.

»Du wirst es nicht bereuen, Mark. So, und nun gehen wir gleich zu Mom und Dad und machen Nägel mit Köpfen.«

»Ich bereue es jetzt schon«, jammerte der ältere Bruder. Aber er fügte sich in sein Schicksal. Folgsam wie der begrünte Nachbarshund Darling trottete er hinter Jack her.

Mom und Dad waren angenehm überrascht, als sie von den gemeinsamen Reiseplänen ihrer Söhne erfuhren.

»Das ist wirklich eine gute Idee«, meinte Dad. »Aber ich dachte, du müsstest noch für das College lernen, Mark.«

»Mark will sich in Tokio ein paar Computerfirmen ansehen«, schwindelte Jack, bevor sein älterer Bruder antworten konnte. »Er meint, das wäre optimal für sein Informatikstudium. Stimmt's, Mark?«

»Äh, klar«, nuschelte Mark. »Die Japaner haben es drauf. Ein Forscher hat sogar Fingernägel als Datenspeicher nutzbar gemacht. So was muss man mit eigenen Augen gesehen haben.«

»Was es nicht alles gibt«, staunte Mom. »Auf jeden Fall finde ich es gut, dass ihr beide zusammen nach Tokio fliegen wollt. Du bist zwar nicht viel älter als Jack«, sagte sie zu Mark, »aber doch immerhin volljährig. Ich bin sicher, du wirst gut auf deinen jüngeren Bruder aufpassen.«

Mark nickte widerwillig, während sich Jack das Lachen verkneifen musste. Mom und Dad ahnten offenbar immer noch nicht, was für ein Chaot Mark in Wirklichkeit war. Sonst hätten sie ihm wohl kaum seinen jüngeren Bruder anvertraut.

Aber in diesem Moment zählte für Jack nur, dass Mom und Dad ihre Erlaubnis für die Reise erteilten. Er konnte es kaum abwarten, die gute Nachricht Meister Matani mitzuteilen.

Mark war stinksauer, als sie das Wohnzimmer wieder verließen. Jack gab sich locker.

»Fingernägel als Speichereinheiten – gibt es das wirklich?«

»Ja, gibt es«, knurrte Mark. »Glaubst du, ich denke mir so einen Schwachsinn aus? Ein japanischer Wissenschaftler namens Yoshio Hayasaki brennt mit einem Speziallaser winzige Bildpunkte auf deine Fingernägel. Auf zehn Fingern kannst du ungefähr acht Megabyte Daten sichern.« Dann hob er drohend den Zeigefinger. »Aber glaub bloß nicht, dass ich in Tokio in irgendwelchen Forschungslaboren abhänge.«

Jack war erstaunt über das Wissen seines Bruders. Mark hätte ein guter Informatikstudent sein können, wenn er nicht so stinkfaul gewesen wäre. Das war jedenfalls Jacks Meinung.

»Du kannst tun, was du willst«, zeigte sich Jack großzügig, »solange ich zur Karate Challenge gehen kann.«

Mark murmelte eine Unfreundlichkeit und knallte seine Zimmertür hinter sich zu.

Das störte Jack nicht. Mit der miesen Laune seines Bruders konnte er leben.

DIE COOLSTE STADT DER WELT

Jack war hellwach, als der Jet zum Landeanflug über der Bucht von Tokio ansetzte. Vor lauter Aufregung war er während der Reise wie im Fieber gewesen.

Erst hatte er die Zeit bis zum Abheben der Boeing kaum abwarten können. Dann folgte der lange Flug über den Pazifik. Und nun würden schon in kurzer Zeit die Reifen der Maschine japanischen Boden berühren.

Jack stieß seinem Bruder leicht mit dem Ellenbogen in die Seite.

»Hey, Mark. Pennen kannst du auch später noch. Sieht das nicht abgefahren aus?«

»Lass mich doch in Ruhe«, gab Mark zurück, der vor sich hingedöst hatte. Aber dann öffnete er doch die Augen und linste an Jack vorbei durch das Jetfenster.

Ein Häusermeer breitete sich vom Rand der blauen Meeresbucht bis zum Horizont aus. Es gab Wolkenkratzer zu sehen, wie man es auch von amerikanischen Städten kannte. Doch die geschwungenen Holzdächer der älteren Gebäude und die Pagoden waren deutlicher Beleg dafür, dass sie in Asien waren.

»Wir sind gleich in Japan, Mann«, sagte Jack voll aufgedreht.

»Hier findest du modernste Hightech und uralte Traditionen direkt nebeneinander.«

»Nun krieg dich mal wieder ein, kleiner Bruder. Man könnte fast meinen, du wärst selbst zum Japaner geworden«, lachte Mark.

Damit hatte Mark nicht ganz unrecht, obwohl er sonst meist danebenlag. Jack hatte durch Karate viel über japanisches Denken und Fühlen gelernt. Allerdings wusste er nicht, ob er dieses asiatische Inselvolk wirklich jemals verstehen würde.

Doch jetzt konnte er endlich Tokio hautnah kennenlernen.

Die Landung verlief ohne Probleme, und auch bei der Einreisekontrolle ging alles glatt. Selbst Mark hatte nichts Illegales in seinem Gepäck, wie Jack erleichtert feststellte. Inzwischen war der ältere Bruder ohnehin verdächtig friedlich.

Während des Fluges hatte Mark die meiste Zeit herumgeteufelt und war Jack mit seinen blöden Sprüchen auf den Zeiger gegangen. Aber jetzt, als sie vor dem Internationalen Flughafen Narita standen, schien auch Mark allmählich von der Atmosphäre einer fremden Welt beeindruckt zu sein.

Jedenfalls hielt er die Klappe, und das war für Marks Verhältnisse schon beachtlich genug. Aber vielleicht hatte ihn auch nur die Müdigkeit in ihren Klauen.

»Lass uns ein Taxi nehmen«, schlug er vor.

Jack war einverstanden. Obwohl er einige Brocken Japanisch beherrschte, war er verwirrt von den vielen fernöstlichen Schriftzeichen auf den Reklametafeln und Straßenschildern. Wie sollte man sich in einer Welt, in der man die Schrift nicht lesen konnte, zurechtfinden? Allein die U-Bahn zu nehmen stellte da ein nahezu unlösbares Problem dar.

Bei diesem Gedanken wurde es Jack mulmig zumute. Ihm dämmerte, wie sich ein Analphabet fühlen musste. Diese Leute taten ihm richtig leid.

Es dauerte eine Weile, bis sie am Taxistand einen freien Wagen ergattern konnten. Der Fahrer peilte natürlich sofort, dass sie keine Landsleute waren.

»Wohin soll es gehen, junge Gentlemen?«, fragte er auf Englisch.

Jack zog einen Zettel aus der Tasche und nannte den Namen des Hotels, in dem ein Zimmer für sie reserviert worden war. Die Brüder packten ihr Gepäck in den Kofferraum, lümmelten sich in den Fond des Wagens, und die Fahrt begann.

Aus Los Angeles waren sie an breite Highways gewöhnt, aber die Stadtautobahnen von Tokio konnte man damit nicht vergleichen. Alles war fremd und ungewohnt.

Am Rand der Schnellstraßen standen triste Wohnsilos, aber auch erhabene Tempelanlagen. Die Mega-City Tokio schien überzuquellen von Menschen und Fahrzeugen.

Plötzlich erschien ein gelblicher Schatten direkt neben dem Taxi. Das andere Auto hatte so einen Speed drauf, dass Jack und Mark die Annäherung gar nicht bemerkt hatten.

Sie wollten den Fahrer warnen, aber der reagierte zum Glück

schon. Er fluchte in seiner Muttersprache und stieg in die Eisen. Keine Sekunde zu früh, denn die gelbe Karre schnitt das Taxi mit einem halsbrecherischen Überholmanöver.

Gut, dass Jack und Mark angeschnallt waren, denn das Taxi brach aus der Spur. Wie durch ein Wunder gelang es dem Fahrer, die Kontrolle zurückzugewinnen.

Atemlos sahen die Jungen, wie die flache gelbe Kiste vor ihnen mit einem Affenzahn davonraste. Nach ein paar Sekunden sah man nur noch die Rücklichter.

»Was war das?«, keuchte Jack.

»BMW M 6 Coupé«, erwiderte Mark cool. »507 PS, bringt eine Spitze von 305 Stundenkilometer, was in Kalifornien verboten ist. Hier wahrscheinlich auch. In Beverly Hills haben ein paar Leute so eine Karre aus Deutschland, aber in dieser zitronengelben Lackierung habe ich den Schlitten noch nie gesehen.«

Jack starrte seinen Bruder immer noch verblüfft an.

»Was?«, sagte Mark, der sein Wissen auskostete. »Ich stehe nun mal auf schnelle Autos. Kann ja nicht jeder so ein Karate-Futzi sein wie du, Bruderherz. Mann, dieser krasse Raser hätte uns beinahe plattgemacht.«

»Der kommt nicht weit«, meldete sich der Taxifahrer zu Wort.

Jack und Mark sahen, was er meinte. Denn schon im nächsten Moment wurde das Taxi wieder überholt. Diesmal allerdings von einem Streifenwagen. Auf ihm waren nicht nur japanische Schriftzeichen angebracht, die offenbar »Polizei« bedeuteten, sondern auch das entsprechende englische Wort.

Und das Polizeifahrzeug hatte mindestens genauso einen Zahn drauf wie der Raser!

Mit heulenden Sirenen jagte der Streifenwagen hinter dem BMW her, wobei die Beamten jede Lücke im Verkehr ausnutzten.

»Das ist ein Subaru Impreza WRX«, erklärte der Fahrer, der offenbar mit Marks Autokenntnissen mithalten wollte. »Die Polizei setzt ihn für schnelle Verfolgungsjagden ein. Er bringt 240 Stundenkilometer.«

»Schön, aber damit ist er immer noch langsamer als der BMW«, wandte Mark ein.

»Gewiss, doch hier auf der Stadtautobahn kann man den Wagen sowieso niemals ausfahren, junger Gentleman. Ich wette, dieser BMW hatte höchstens 200 Stundenkilometer drauf, als er uns geschnitten hat.«

Für Jacks Geschmack reichte das vollkommen. Ihm steckte der Beinahe-Unfall immer noch in den Knochen. Jack war kein Feigling, aber gegen einen Autoraser war auch ein Karatestar wie er machtlos.

Doch sowohl Mark als auch der japanische Taxifahrer verfolgten die Jagd des Streifenwagens nach dem BMW wie einen spannenden Fernsehkrimi. Allerdings war dies hier die harte Wirklichkeit.

Bald war von den beiden Autos nichts mehr zu sehen.

»Ich schalte den Funk ein«, sagte der Fahrer. »Die Kollegen werden von der Polizei vor dem Raser gewarnt. Wenn er eingeholt wird, werden wir es als Erste erfahren.«

Die beiden Jungen konnten mit dem Stimmengewirr aus dem Empfangsteil am Armaturenbrett natürlich nichts anfangen, denn die Meldungen kamen auf Japanisch rein. Doch nach einigen Minuten schaltete der Fahrer das Funkgerät wieder aus.

»Der BMW hat eine Leitplanke durchbrochen und ist in die Bucht gestürzt. Man kann nur hoffen, dass der Fahrer lebend aus dem Autowrack kommt.«

»Krass«, meinte Mark. »Geht sowas hier öfter ab?«

»Täglich«, bestätigte der Taxifahrer. »Es gibt eine ganze Menge junger Taugenichtse, die sich ständig Rennen liefern. Die Tuning-Szene ist hier sehr rege. Die Polizei tut dagegen, was möglich ist. Aber die Beamten können nicht überall sein.«

DIE 16. REGEL

Wenig später erreichten sie das Hotel. Es war ein hypermodernes Wolkenkratzergebäude, das auch in Los Angeles oder New York hätte stehen können. Doch der nahe gelegene Park mit den blühenden Kirschbäumen und den Tempeln mit ihren Holzschindeln und Buddhastatuen zeigte deutlich, dass sie in Japan waren.

»Der Stadtteil heißt Shinjuku. Hier steht das Rathaus von Tokio«, erklärte der Fahrer stolz zum Abschied. »Es ist das höchste der Welt.«

Jack und Mark konnten nur noch nicken. Sie waren platt von dieser fremden und faszinierenden Welt.

In dem internationalen Hotel sprach das Personal zum Glück fließend Englisch. Mit der Reservierung hatte alles problemlos geklappt.

Die Brüder bezogen ihr luxuriöses Zimmer im vierzehnten Stockwerk mit WLAN, Plasma-TV und Klimaanlage. Doch als Mark ins Bad wollte, war er voll geschockt.

»Hey, das Klo ist kaputt. Ich hab gar nichts gemacht, nur auf 'nen Knopf gedrückt.«

Jack kam ebenfalls ins Bad und lachte.

Mark zeigte auf einen Wasserstrahl, der aus dem Inneren der Toilettenschüssel nach oben sprudelte.

»Keine Sorge, Bruderherz – hier ist alles okay«, erklärte Jack. »Diese kleine Wasserfontäne dient der Reinigung, das Wasser ist übrigens warm. Du sparst dadurch Papier. Wenn du verstehst, was ich meine ...«

Kopfschüttelnd stand Mark vor der Bedienungskonsole des Klos, die an ein Mini-Armaturenbrett erinnerte.

»Mann, was für ein abgedrehtes Land. Aber was coole Autos angeht, haben die Japaner echt die Nase vorn. Wenn ich an diesen zitronengelben BMW denke – was für ein Geschoss!«

Jack zog die Augenbrauen zusammen. »Fandest du diese hirnverbrannte Raserei etwa gut?«

»Du nicht? Hey, das war doch cool.«

»So cool, dass wir beinahe draufgegangen wären, wenn der Fahrer nicht rechtzeitig gebremst hätte.«

»Du bist doch nur neidisch, weil ich schon den Lappen habe und du nicht«, ätzte Mark.

Darauf erwiderte Jack nichts. Zwar konnte man im Staat Kalifornien bereits mit Sechzehn die Führerscheinprüfung machen, aber daran dachte Jack bisher noch nicht einmal im Traum. Sein Karatetraining war ihm wichtig, und für seinen Sport gab er alles. Mit dieser Einstellung war er der beste Schüler von Meister Matani geworden, und genau deshalb war er jetzt hier in Tokio.

Er brannte darauf, endlich die anderen Karatekämpfer zu treffen.

»Hör mal, Mark, ich wollte jetzt gleich mal zu der Challenge fahren. Ich hab von Meister Matani die Adresse bekommen. Die Sause findet in einem Kongresszentrum statt. Ich schätze mal, du willst nicht mitkommen.«

»Erraten, Brüderchen. Es gibt in dieser Stadt bestimmt tausend Möglichkeiten, sich besser zu amüsieren.«

»Okay, wie du meinst. Du kennst unseren Deal: Solange du pünktlich zur Rückreise wieder da bist, kannst du machen, was du willst.«

»Und das werde ich auch, darauf kannst du einen lassen.«

»Sicher, Mark. Wenn es Stress geben sollte, können wir uns ja über Handy verständigen.«

»Das wird nicht nötig sein. Diese Roaminggebühren ziehen einem ja die Schuhe aus«, sagte Mark.

Aber Jack bemerkte, dass sein Bruder trotzdem sein Mobiltelefon in seine Jeanstasche schob. Das beruhigte ihn. Er hatte nämlich keinen Bock, sich wegen Mark einen Kopf machen zu müssen. Sein Bruder war schließlich alt genug, um auf sich selbst aufzupassen.

Jack packte schleunigst seinen Koffer aus, stopfte seine Karateklamotten in eine Sporttasche und machte sofort den langen Schuh.

An der Rezeption ließ er sich erklären, wie er zu dem Kongresszentrum kam.

»Das Gebäude sehen Sie schon von Weitem«, sagte der Angestellte. »Es heißt Big Sight und besteht aus vier umgedrehten Pyramiden.«

Wie krass ist das denn?, dachte Jack. Aber schon bald war er dankbar dafür, dass sein Ziel eine so unverwechselbare Architektur hatte. Er stieg nämlich mehrmals in die falsche U-Bahn.

Nach einer kleinen Irrfahrt musste er schließlich noch mit einer Fähre auf die künstliche Insel Odaiba übersetzen.

Big Sight erhob sich über den glitzernden Wellen der Bucht von Tokio.

Jacks Herz klopfte immer schneller. Er kam sich vor, als wäre er eine Figur in einem Manga. Er hatte immer geglaubt, Los Angeles wäre eine abgefahrene Stadt. Aber Tokio toppte wirklich alles, was er kannte.

Auf Odaiba gab es nicht nur ein Museum in Form eines Ozeandampfers, sondern auch ein Riesenrad und Gebäude wie aus einem Science-Fiction-Streifen.

Nachdem die Fähre angelegt hatte, schlenderte Jack staunend umher. Sein Ziel war natürlich immer noch die Kongresshalle, aber auf dem Weg dorthin gab es jede Menge zu sehen.

Ein großer Kuppelbau war noch nicht ganz fertig oder wurde ausgebessert. Auf jeden Fall hantierten Arbeiter auf einem Gerüst mit Sonnenkollektoren.

Da gab es plötzlich einen lauten Knall.

Jack reagierte sofort. Zunächst glaubte er, jemand hätte geschossen. Aber dann erkannte er, was wirklich geschehen war.

Ein Seil war gerissen, eine der großen rechteckigen Solarabsorberplatten fiel vom Dach. Eine Windbö erfasste das Ding, wehte es auf nichts ahnende Passanten zu.

Jack war selbst in der Gefahrenzone. Doch nicht ihm selbst drohte die größte Gefahr, sondern einer jungen Japanerin. Sie stand dort, wo gleich die Solarplatte auf den Beton des Gehsteigs knallen würde.

Jack musste innerhalb von Sekundenbruchteilen reagieren.

Und er tat es, indem er zu einem gewaltigen Sprung ansetzte, dann flog er förmlich durch die Luft. Nur einem trainierten Kampfsportler war es möglich, aus dem Stand eine so weite Distanz zu überwinden.

Jack gab alles. Es gelang ihm, das Mädchen rechtzeitig zu erreichen und wegzureißen, bevor sie gemeinsam zu Boden gingen.

Im nächsten Moment knallte der Sonnenkollektor nur einen Meter neben ihnen mit ohrenbetäubendem Scheppern und Klirren auf den Waschbeton.

Die Menschen schrien auf, kleine Kinder erschraken und weinten vor Angst.

Jacks Jacke war von einigen der dunklen Glasscherben aufgeschlitzt worden. Aber abgesehen von einigen harmlosen Schrammen war er unverletzt geblieben.

Er rappelte sich wieder hoch. Dann hielt er der Geretteten seine Rechte hin, um ihr aufzuhelfen.

Das Mädchen blinzelte. Sein Blick richtete sich erst auf die

Trümmer der Solarplatte, dann auf Jack. Es murmelte etwas auf Japanisch, das wie ein Fluch klang. Dann sagte es auf Englisch: »Ich habe versagt.«

Jack wusste nicht, was er darauf erwidern sollte. Ohnehin war momentan in der näheren Umgebung die Hölle los. Obwohl es keine Verletzten gegeben hatte, rannten die Leute wild durcheinander und brachten sich in Sicherheit.

Aus der Ferne hörte man die Sirenen eines sich nähernden Einsatzfahrzeugs.

»Wie meinst du das?«

Jack fand seine Frage selbst dämlich, aber etwas Besseres fiel ihm nicht ein. Das lag vor allem daran, dass er total auf die junge Japanerin abfuhr.

Sie war ungefähr in seinem Alter, schlank und total hübsch. Ihr Haar war lila gefärbt und schrill hochtoupiert. Aber Jack hatte schon gemerkt, dass viele Kids hier ziemlich cool aussahen.

»Die sechzehnte Regel …«, begann das Mädchen.

Jack verbeugte sich vor ihr. Nun wusste er, dass sie ebenfalls eine Karatekämpferin war.

»Schon klar«, sagte er und zitierte die Regel: »Sobald man vor die Tür tritt, findet man eine Vielzahl von Feinden vor. So lautet die sechzehnte der zwanzig Regeln des Karate, stimmt's? Und auch eine herabsausende Solarplatte kann ein Feind sein.«

»Ja, und ich war unaufmerksam. Das darf nicht passieren. Ich danke dir für die Rettung. Mein Name ist übrigens Hisako.«

Mit diesen Worten erwiderte die junge Japanerin seine Verbeugung. Dann trat sie auf Jack zu und hauchte ihm einen Kuss auf die Wange.

Jack war froh, dass er keinen Spiegel dabeihatte. Sein Gesicht war bestimmt rot geworden wie eine kalifornische Tomate. Er hatte immer gedacht, Japanerinnen wären schüchtern und zurückhaltend. Aber das war wohl ein Vorurteil.

»Ich – ich bin Jack«, stammelte er. »Dann bist du auch wegen der Karate Challenge hier?«

Hisako nickte. Sie wollte noch mehr sagen, aber da traf der Rettungswagen ein. Es gab einen kurzen Wortwechsel auf Japanisch mit dem Arzt und den Sanitätern. Offenbar wollte der Mediziner die beiden Kids kurz durchchecken, da sie um Haaresbreite einem grässlichen Unglück entgangen waren.

Sie ließen die Untersuchung über sich ergehen, und Jacks Schrammen wurden mit Pflastern abgeklebt. Nachdem Hisako noch einem Polizisten von dem Unfallhergang berichtet hatte, durften sie ihrer Wege gehen.

»Ich hätte echt besser aufpassen müssen«, wiederholte Hisako. »Als Karatekämpferin muss ich immer konzentriert sein, da gibt es keine Ausreden. Aber mein Freund hat vor Kurzem mit mir Schluss gemacht, und deshalb bin ich so total durch den Wind.«

»Äh, das verstehe ich«, murmelte Jack. Gleichzeitig fragte er sich, warum sie ihm ihren Liebeszoff gleich nach so kurzer Zeit unter die Nase rieb. Wollte sie damit klarmachen, dass sie momentan solo war? Oder was sollte das sonst bedeuten?

34

Jack hatte kaum Erfahrungen mit Mädchen. Es gab hier in Tokio auch niemanden, den er um Rat fragen konnte.

Oder sollte er vielleicht Mark um einen guten Tipp anhauen? Aber sein älterer Bruder wäre so ungefähr der letzte Mensch auf der Welt, dem er sich in Liebesdingen anvertrauen würde.

Was Mark jetzt wohl treibt?, fragte sich Jack, während er Seite an Seite mit Hisako zur Karate Challenge ging.

DER PACHINKO - KING

Mark hatte eine Zeit lang im Hotel gechillt. Aber nun langweilte er sich. Nach einer Dusche warf er sich in frische Klamotten und machte sich auf die Socken, um allein Tokio zu erobern.

Mark war gut drauf, weil er ohne Jack losziehen konnte. Einerseits fand er es total albern, dass sein kleiner Bruder so auf Karate abfuhr. Doch andererseits bewunderte er klammheimlich die Power, mit der sich Jack in seinen Sport hineinkniete. So eine Energie hatte er selbst noch nie für eine Sache aufgebracht, wie er sich selbst eingestehen musste.

Dafür verstand er es meisterhaft, die Leute an der Nase herumzuführen. So hielten ihn seine Eltern immer noch für einen fleißigen Studenten, obwohl er auf dem College nur das Nötigste tat.

Und Julia glaubte, er wäre ihr treu, was Naomi ebenfalls annahm. Die beiden Girls wussten selbstverständlich nichts voneinander.

Irgendwann würde Marks Lügengebilde zerreißen wie ein Spinnennetz. Aber darüber zerbrach er sich nicht den Kopf. Er nahm das Leben von der lockeren Seite.

Der junge Amerikaner schlenderte mit den Händen in den Hosentaschen durch die belebten Straßen des Stadtteils Shinjuku mit seinen Straßenschluchten und Wolkenkratzern.

Plötzlich hörte er das satte Tuckern eines fetten Dodge Viper SRT 10. Das coole schwarze Geschoss bog langsam um die Ecke. In dem dichten Stadtverkehr der Rushhour konnte die 506-PS-Maschine natürlich nicht ausgefahren werden.

Mark gingen beinahe die Augen über. Was hätte er dafür gegeben, einmal hinter dem Lenkrad einer solchen Schleuder sitzen zu können!

Er hatte zwar einen Führerschein, doch kein eigenes Auto. Selten genug konnte er seinem Dad die Familienkutsche abschwatzen. Doch bevor sich Mark in Dads altem Buick auf den Straßen sehen ließ, latschte er lieber zu Fuß.

Die Viper hatte Mark in seinen Bann gezogen. Mit den Blicken folgte er dem Auto, das einen halben Block weiter auf einen Parkplatz einbog. Der Fahrer stieg aus und ging in ein Gebäude, dessen Fassade mit grell leuchtenden Neon-Schriftzeichen bepflastert war.

Mark wandte sich ebenfalls dorthin. Er hatte ja nichts Besonderes vor, und neugierig war er von Natur aus.

Er fragte sich, was hier Phase war.

Mark betrat den großen fensterlosen Raum, in dem eine Klimaanlage für eisige Temperaturen sorgte. Hunderte von seltsamen knallbunten Automaten hingen aufgereiht nebeneinander. Davor hockten Japaner, die beinahe pausenlos kleine Eisenkugeln in die Maschinen schütteten und auf Knöpfe drückten. Es herrschte ein infernalisches Knallen, Klingeln, Scheppern und Klirren.

Die Automaten blinkten, außerdem liefen auf kleinen Displays Anime-Filmchen.

»Hammer«, sagte Mark.

Er hatte eigentlich nur mit sich selbst gesprochen. Doch auf einmal kam ein Typ auf ihn zu. »Nix Hammer, sondern Pachinko. Willst du mal antesten?«

Mark blickte auf. Die Frage hatte man ihm auf Englisch gestellt. Sein Gegenüber war groß, jedenfalls für einen Japaner. Der Junge trug einen edlen Designer-Anzug, die hochtoupierten Haare waren orange gefärbt, und die Sonnenbrille auf seiner Nase stammte gewiss nicht aus dem Billigladen. Der Einheimische hatte Kohle, das sah man sofort.

»Warum nicht?«, meinte Mark, der für jeden Kick zu haben war.

»Ich bin Gosho, okay? Pass auf, Pachinko geht so ...«

Gosho zeigte Mark einen der Automaten, die aus der Nähe an senkrecht stehende Flipperkästen erinnerten. Ein uniformierter Angestellter kam untertänig herbeigewieselt und füllte unter zahlreichen Verbeugungen unzählige kleine Stahlkugeln in einen Behälter unter der Maschine.

Offenbar war Gosho in diesem Spielsalon der King. Mark hatte schon mitgekriegt, dass die anderen Kids respektvoll Abstand zu ihm hielten.

»Beim Pachinko kannst du die Kraft der Kugeln selbst bestimmen, kapiert?«

Gosho zeigte gleich darauf, was er meinte. Er schoss jede Menge kleiner Metallbälle in die obere Hälfte des Spielfelds. Daraufhin begann der Pachinko-Automat zu rattern und zu klingeln. Manche Kugeln fielen in Löcher oder ballerten gegen Hindernisse, worauf eine Lawine von neuen Kugeln losgetreten wurde. Es war wie bei einer Flippermaschine, die ein total durchgeknallter Erfinder umgebaut hat.

»Abgefahren!«, stieß Mark hervor. Natürlich spielte er selbst öfter Online-Games, aber das hier war was völlig anderes. Pachinko kam ihm total exotisch vor. »Kann man auch was gewinnen?«

»Nur so Kleinkram, Feuerzeuge oder Parfüm«, antwortete Gosho mit einem verächtlichen Schulterzucken. »Aber es gibt in der Nähe von Pachinko-Hallen Läden, wo man solche Gewinne zu Geld machen kann.« Dann rief er: »Genug gequatscht, jetzt bist du dran!«

Auch Mark sollte nun antesten, was in der Maschine steckte. Er betätigte den Hebel, wie er es zuvor bei dem Japaner gesehen hatte. Damit konnte er das Tempo steuern, mit dem die Stahlbälle ins Spielfeld geschossen wurden.

Doch Mark erwies sich als jämmerlicher Loser. Er hatte offenbar überhaupt kein Händchen für das fremdartige Spiel. Jedenfalls flutschten seine Kugeln durch, ohne eine erkennbare Wirkung zu erzielen.

Die Geräusche, die der Automat ausspuckte, klangen höhnisch, so kam es Mark vor.

Wollte dieser Gosho ihm einfach nur zeigen, was für eine Lachnummer er war?

Der junge Japaner grinste und klopfte Mark gönnerhaft auf die Schulter. »Hey, immer geschmeidig bleiben. Beim Pachinko bin ich der absolute King. Ist doch logisch, dass du im Vergleich zu mir alt aussiehst.«

Mark machte eine wegwerfende Handbewegung. »Was solls? Wenn du auf diesen Kinderkram abfährst – mir egal. Dafür hab ich was drauf, wenn es um schnelle Schlitten geht.«

Gosho trug immer noch seine Sonnenbrille. Daher konnte Mark nicht sehen, dass der Blick des jungen Japaners lauernd und berechnend wurde.

Gosho grinste weiterhin, als ob Mark sein bester Kumpel wäre. »So, du verstehst also was von Autos?«

»Darauf kannst du wetten!« Mark machte weiterhin einen auf dicke Hose. »Ich hab auf den Highways von L.A. Rennen gegen die ausgekochtesten Typen gefahren.«

In Wirklichkeit war Mark höchstens ab und zu mit einem Girl in der Familienkutsche der Spades an den Strand gegurkt. Aber Mark fühlte sich mies, weil er sich beim Pachinko so blöd angestellt hatte. Er musste unbedingt sein Selbstwertgefühl aufmöbeln.

»Dann bist du mein Mann!«, sagte Gosho und tippte ihm mit dem Zeigefinger vor die Brust. »Komm mit, wir drehen 'ne Runde mit meiner Viper.«

»Die – die Viper gehört dir?«, stammelte Mark. Und dann erinnerte er sich daran, wie er von Weitem den Fahrer hatte aussteigen sehen. Der leuchtend orangefarbene Haarschopf – klar, das war Gosho gewesen.

»Erraten. Mein Geschoss ist dir schon aufgefallen, stimmts? Für einen Auto-Freak wie dich ist so 'ne Viper sicher nichts Besonderes. Aber vielleicht macht's dir ja trotzdem Fun, dich mal hinters Lenkrad zu klemmen.«

Mark wusste immer noch nicht, ob ihn Gosho verschaukeln wollte. Aber der Japaner legte seinen Arm um Marks Schultern und schob ihn Richtung Ausgang.

Goshos Kumpane riefen ihm etwas zu, und Gosho antwortete in seiner Muttersprache.

UM KOPF UND KRAGEN

Wenn Mark nicht endgültig als armes Würstchen dastehen wollte, musste er mitspielen. Er redete sich selbst ein, dass er Benzin im Blut hätte und der geborene Autofreak wäre.

Gosho warf ihm die Zündschlüssel zu, und Mark fing sie lässig auf.

Seine Pumpe raste, als er die Tür der Viper öffnete und sich auf den mit schwarzem Leder bezogenen Fahrersitz gleiten ließ. Bisher hatte er noch nie in einer Viper gesessen. Lediglich bei einem rasanten Game hatte er eine solche Karre über eine Rennstrecke gelenkt. Aber da hatte er nur die Tastatur kitzeln müssen, um den Flitzer auf Speed zu bringen.

Das hier war das richtige Leben, kein Computerspiel.

Gosho pflanzte sich auf den Beifahrersitz.

Mark startete das Muscle Car so locker, als würde er jeden Tag eine 506-PS-Maschine zum Laufen bringen. Dabei lief ihm vor Nervosität und Stress der Schweiß in Strömen über den Rücken.

»Wohin soll's gehen, Gosho?«

»Immer der Nase nach. Wir fahren auf den Shibuyasen Expressway, der ist auch in deiner Sprache ausgeschildert.«

Mark gab sofort ordentlich Stoff. Er hatte schließlich den Mund reichlich voll genommen.

Zum Glück gelang es ihm, den Motor nicht abzuwürgen.

Ein ungeheures Gefühl von Macht und Glück durchtoste ihn, nachdem die erste Aufregung vorbei war. Er kam sich vor, als hätte er nie etwas anderes gefahren als so ein hoch getuntes Geschoss.

Er beglückwünschte sich selbst dazu, dass er mit dem Sechsgang-Schaltgetriebe umgehen konnte. Viele seiner Landsleute hätten da das Handtuch geschmissen, weil sie nur mit Automatikautos zurechtkamen.

In diesem Moment bildete sich Mark ein, wirklich ein cooler Fahrer zu sein.

Wie Gosho angekündigt hatte, waren die großen Hinweisschilder am Straßenrand wirklich auch mit lateinischen Buchstaben versehen. Mit den japanischen Schriftzeichen konnte Mark natürlich nichts anfangen.

Die Auffahrt zum Expressway kam in Sichtweite, und Mark drückte so richtig auf die Tube.

»In Japan herrscht auf Autobahnen ein Tempolimit von 110 Stundenkilometer«, erklärte Gosho grinsend.

»Aber das gilt natürlich nicht für uns«, gab Mark großmäulig zurück und orgelte den Motor noch mehr hoch.

Er schnitt einen Mitsubishi-Van, dessen Fahrer empört hupte. Mark kam sich unendlich toll vor.

»Hey, du kannst singen und beten, Amerikaner!«

Die Anerkennung aus Goshos Mund war genau richtig, nachdem Mark sich zuvor beim Pachinko so kreuzdämlich vorgekommen war.

Sie bogen auf die sechsspurig ausgebaute Autobahn ein und Mark gab alles, ließ den Motor aufröhren. Die Sidepipes – die Abgasendrohre – zitterten.

Der Verkehr war ziemlich dicht. Man konnte die Karre nicht ausfahren, wenn man nicht im Handumdrehen auf dem Heck eines Lkw landen wollte. Dennoch, Mark beschleunigte so stark, wie es ging.

Er nutzte jede Lücke im Verkehrsfluss, überholte auch rechts. Die Verkehrsregeln hatte er ebenso verdrängt wie seine Angst.

Das Adrenalin toste durch seinen Körper. Er riskierte Kopf und Kragen, aber zum Glück war die Viper gut zu beherrschen.

Schon bald kam es Mark so vor, als hätte er nie einen anderen Wagen unterm Hintern gehabt.

Was wohl Gosho dachte?

Mark warf dem Japaner einen Seitenblick zu.

Das Lächeln saß wie festgewachsen auf dem Gesicht mit der Sonnenbrille.

Es war Mark unheimlich wichtig, Gosho zu beeindrucken. Also fuhr er noch riskanter.

Hart am Limit lenkte er die Viper vor einen Truck, der soeben einen anderen Lkw überholen wollte. Es fehlten an der vorderen und hinteren Stoßstange nur wenige Zentimeter, um einen total üblen Crash zu verhindern.

Mark hatte mehr Glück als Verstand. Der Lkw-Fahrer bremste und betätigte empört seine Mehrklanghupe.

Die Viper raste davon und ließ nur noch ihre Rücklichter sehen.

Plötzlich musste Mark an den Subaru Impreza der japanischen Polizei denken, den er auf dem Weg vom Flughafen zum Hotel gesehen hatte. Wenn so ein Fahrzeug jetzt auftauchte, konnte es eng für ihn werden.

Doch momentan war die Ordnungsmacht weit und breit nicht zu sehen.

»Okay, Mark. Du hast es drauf, das merkt man sofort«, sagte Gosho. »Hey, hast du nicht Lust, in Tokio ein Rennen zu fahren?«

Mark konnte nicht glauben, was er da hörte. Noch vor wenigen Stunden hatte er sich ein Loch in den Bauch gelangweilt. Und nun sollte er mit einem tollen Geschoss über die Expressways von Tokio heizen? Das war ein Urlaub nach seinem Geschmack.

Mark hatte in Wirklichkeit noch nie an einem illegalen Rennen teilgenommen. Das Auto seines Dads wäre dafür wohl auch kaum geeignet gewesen. Aber da er die Menschen gern täuschte, machte er bei Gosho keine Ausnahme.

»Sicher, wenn ich grade nichts Besseres zu tun hab. Und wann?«

»Heute Abend. Ich hab noch eine andere Karre, die ich dir dafür leihen würde, einen Mazda RX-8. Der hat eigentlich nicht so viel PS wie die Viper, aber mein Mazda ist getunt wie nichts Gutes.«

»Sicher, Bock hätt' ich schon.«

Mark fragte sich allerdings, warum Gosho ihm so einfach ein Auto für ein Rennen lieh. Die beiden Jungs kannten sich schließlich erst seit einer knappen Stunde.

Es war, als hätte der Japaner seine Gedanken gelesen. Er lachte und klopfte ihm auf die Schulter.

»Tokio ist eine Riesenstadt, aber in der Tuningszene kennt man sich. Das wird in Amerika nicht anders sein. Es ist 'ne tolle Abwechslung, wenn mal ein Gaijin wie du mit dabei ist.«

»Wie nennst du mich?«

»Gaijin – das heißt wörtlich ›Mensch von draußen‹. So heißen in unserer Sprache die Nicht-Japaner. Und das bist du doch, oder?«

Mark nickte. Er hatte inzwischen das Tempo etwas gedrosselt, um sich besser auf den Wortwechsel mit Gosho konzentrieren zu können.

»Ich hol dich ab, dann fahren wir gemeinsam zum Treffpunkt«, schlug Gosho vor. »Es werden fünf oder sechs Wagen an den Start gehen. Eigentlich wollte ich selber den Mazda durch die Gegend knüppeln. Aber du bist meine Trumpfkarte, Mark. Die anderen rechnen nicht damit, dass ich einen fremden Fahrer anschleppe. Das gibt einen Knalleffekt, da bin ich mir sicher.«

Das glaubte Mark inzwischen auch. Er war durch das gemeinsame Heizen auf der Stadtautobahn immer noch voll auf Adrenalin. In diesem Moment traute er sich alles zu – sogar, das Rennen zu gewinnen.

MOTOREN - FIEBER

Gosho hatte Mark zu dessen Hotel zurückgebracht, nachdem sie von dem Expressway heruntergefahren waren und die Plätze getauscht hatten.

Der junge Japaner war ein Typ ganz nach Marks Geschmack. Er war lässig und hatte stets einen flotten Spruch auf den Lippen – genau wie Mark selbst.

Gern hätte Mark vor seinem jüngeren Bruder damit angegeben, was für einen tollen neuen Kumpel er schon nach wenigen Stunden in Tokio gefunden hatte.

Doch Jack war nicht im Hotelzimmer.

Wahrscheinlich hüpft der kleine Blödmann bei seiner Karate Challenge herum, dachte Mark ironisch.

Er zappte noch eine Weile durch die zahlreichen Fernsehprogramme, ließ sich vom Zimmerservice einen Hamburger kommen und wechselte nach einer ausgiebigen heißen Dusche die Klamotten.

Die Dämmerung senkte sich über die Metropole an der Bucht von Tokio. Allmählich bekam Mark doch Muffensausen vor dem bevorstehenden Abend. Immerhin hatte er noch nie an einem illegalen Straßenrennen teilgenommen. Die anderen Fahrer waren gewiss total ausgebufft. Ob er da mithalten konnte?

Und der Mazda RX-8 war ein völlig ungewohnter Wagen für ihn. Wenn er wenigstens die Viper hätte benutzen dürfen ...

Aber dann strich sich Mark noch eine Portion Gel in seine stylische Frisur und grinste seinem Spiegelbild aufmunternd zu. Er erinnerte sich daran, was für einen heißen Reifen er am Nachmittag auf dem Expressway gefahren war.

Er würde es ihnen allen zeigen, auch in dieser getunten Reisschüssel!

Auf einmal konnte es Mark vor Ungeduld kaum noch aushalten.

Endlich war es 22 Uhr. Gosho wollte ihn um diese Uhrzeit vor dem Hotel abholen.

Pünktlich hielt die Dodge Viper an der Bordsteinkante. Mark ließ sich lässig auf den Beifahrersitz fallen.

Der junge Japaner am Lenkrad trug immer noch seine Sonnenbrille. Entweder war das ein Tick, oder er hatte Probleme mit den Augen.

»Nervös, Mark?«

»Wer? Ich? Da kennst du mich aber schlecht, Gosho. Ich hoffe nur, dass der Mazda richtig zieht. Sonst muss ich noch aussteigen und schieben.«

»Das wird nicht nötig sein.« Der junge Japaner lachte leise. »Der Schlitten geht ab wie 'ne Rakete.« Dann sagte er: »Wir treffen uns mit den anderen Speed-Freaks in Nerima-Ku. Das ist ein Außenbezirk, da ist um diese Zeit nicht viel los.«

»Klingt langweilig.«

»Ist es auch, aber nicht für uns. Ich habe da nämlich eine ganz besondere Rennstrecke gecheckt. Das wird dir gefallen.«

Mehr war für den Moment nicht aus Gosho herauszukriegen. Der Japaner spielte offenbar gern den Geheimniskrämer.

Mark ließ sich seine Aufregung nicht anmerken und schaute sich die bunten Leuchtreklamen und riesigen LCD-Werbetafeln von Tokio an.

Auch nachts war es auf den Stadtautobahnen kaum leerer als tagsüber. Wenn Gosho und seine Kumpels dort Gas geben wollten, konnte das böse ins Auge gehen. Das war selbst Mark trotz seines eigenen Leichtsinns klar.

»Ginza ist der Stadtteil, in dem auch nachts der Bär tobt«, erklärte der junge Japaner. »Weiter draußen gibt es nur noch die Tuning-Szene, die für Action sorgt.«

Mark ahnte, was sein neuer Kumpel meinte. Denn je weiter sie sich vom Stadtzentrum entfernten, desto mehr gestylte Karren bekam Jacks älterer Bruder zu sehen.

Es waren oftmals gängige japanische oder amerikanische Sportmodelle, auch einige europäische Flitzer waren darunter. Die Bandbreite reichte vom Ford Mustang GT bis zur Corvette C 6.

Die meisten Schlitten waren japanische Fabrikate. Mark erkannte einen Toyota Supra RZ, einen Nissan Maxima A 34 und einen Honda Integra.

Die getunten Schätzchen fuhren alle in dieselbe Richtung. Bald schon war es, als würden Mark und Gosho in einem Konvoi mit den anderen fahren. Dreiklanghupen tönten, einige Kids betätigten die Lichthupe. Die Tuningszene begrüßte sich.

Mark war beeindruckt. Gleichzeitig versuchte er, sich gegenüber seinem neuen Kumpel möglichst gelangweilt zu geben. Schließlich sollte Gosho denken, dass Mark dauernd bei ähnlichen Events zugegen war.

Gosho bog von der breiten Durchfahrtsstraße ab. Er musste die Viper fast bis auf Schritttempo runterdrosseln, denn es ging nun durch enge Gassen, in denen teilweise noch nicht einmal Platz für zwei einander entgegenkommende Fahrzeuge war.

Hier war nichts von der Glitzerwelt der In-Stadtteile zu sehen. Die Häuser waren oft nur einstöckig und viele hatten die traditionellen asiatischen Dächer. Die aufgemotzten Tuning-Cars konnten hier nur hintereinander durch den Stadtteil tuckern.

Mark fragte sich einmal mehr, ob Gosho ihn hochnehmen wollte. Wie sollte denn in so einer Gegend ein Rennen möglich sein?

Aber dann ließen sie das Gassengewirr hinter sich. Im Licht von Peitschenlaternen erblickte Mark ein eingezäuntes Gelände, das einen verlassenen Eindruck machte.

Auf den ersten Blick glaubte er, in einem Gewerbegebiet gelandet zu sein. Doch abgesehen von einigen Wellblechhütten mit zugenagelten Fenstern gab es hier absolut nichts. Auf dem Areal wurde schon seit langer Zeit nicht mehr gearbeitet.

Gosho fuhr auf den Zaun zu.

Nun bemerkte Mark, dass der Maschendraht an einer Stelle

aufgeschnitten worden war. Zwei Kids mit Taschenlampen gaben Leuchtsignale. Sie bogen den Draht so weit auseinander, dass die Autos durch die Lücke fahren konnten.

An Goshos Stelle hätte Mark Angst um die Lackierung gehabt. Doch der Japaner lenkte den Wagen passgenau durch die Bresche. Die übrigen Tuning-Karren folgten ihm.

Auf dem riesigen Gelände hatten sich schon viele Kids versammelt. Stolz präsentierten sie ihre gestylten Karren. Viele hatten ihre Anlagen aufgedreht. Bässe wummerten.

Mark gingen die Augen über. Nicht nur wegen der Autos, von denen jedes einzelne ein echter Hingucker war. Auch die Girls konnten sich sehen lassen. Sie waren ausnahmslos bildhübsch und trugen trendy Designerklamotten.

Mark fühlte sich angekommen. Das hier war seine Welt.

Es entging ihm nicht, wie ehrerbietig die anderen Kids Gosho grüßten. Sie benahmen sich gegenüber dem jungen Japaner mit der Sonnenbrille beinahe unterwürfig. Aber das störte Mark nicht, im Gegenteil. Wenn die anderen Respekt vor Gosho hatten, konnte das Mark nur recht sein. Schließlich war der Einheimische jetzt sein bester Kumpel.

Jedenfalls glaubte Mark das.

Gosho bremste die Viper. Er und Mark stiegen aus.

»Unsere Rennstrecke«, sagte Gosho mit einer lässigen Handbewegung.

Mark erblickte im Licht der zahlreichen Autoscheinwerfer eine flache Betonwanne, die sich lang erstreckte und deren Ende in der Finsternis verschwand.

»Was ist das, Gosho?«

»Ein stillgelegter Industriekanal. Er mündet in den Kanda-gawa-Fluss. Der Kanal führt kein Wasser mehr, wie du siehst. Er endet drei Meilen südlich von hier bei der alten Schleuse. Die Rennstrecke beginnt und endet bei der süßen Mahoko.«

Gosho deutete auf eine Japanerin in Tanktop und Hotpants, die eine Zielfahne in den Händen hielt und Gosho anhimmelte. Sie hüpfte grinsend auf und ab wie ein Gummiball.

»In dem Kanal ist Platz für drei Karren nebeneinander«, fuhr Gosho fort. »Bei dem Rennen gehen sechs Autos an den Start, kapiert? Das heißt, sie stehen in zwei Reihen hintereinander. Es geht bis zur Schleuse, dort ist der Wendepunkt, und dann zu-rück, bis Mahokos Fahne für den Sieger fällt.«

Mark nickte. Inzwischen fühlte er sich nicht mehr besonders wohl in seiner Haut. Bei einer Strecke von insgesamt nur sechs Meilen lief alles auf ein tierisches Beschleunigungsrennen hin-aus. Außerdem war es für die Fahrer in der zweiten Reihe zusätz-lich schwer, ihre Konkurrenz zu überholen. Wie das gehen sollte, wusste Mark nicht wirklich.

Es war ja sein erstes Rennen überhaupt ...

Gosho hatte ihm wieder den Arm um die Schultern gelegt und lotste Jacks Bruder zu einem der Fahrzeuge hinüber.

»Das ist mein Mazda RX-8, den du für mich fahren wirst.« Die Stimme des Japaners duldete keinen Widerspruch. »Ich hoffe, die blutrote Lackierung gefällt dir. Ansonsten sind die 18-Zoll-Leichtmetallräder nagelneu. Der Mazda bringt 235 Stundenkilometer. Er beschleunigt von null auf hundert in 6,4 Sekunden. Das ist auf dieser Strecke besonders wichtig. Aber das hast du schon geschnallt, oder?«

»Klar, Mann«, murmelte Mark.

»Ist alles cool bei dir? Du machst mir doch nicht schlapp, oder?«

»Das soll wohl ein Witz sein, aber dann ist es ein schlechter. Ich will nur endlich starten, das ist alles!«

»Die Einstellung lob ich mir.« Gosho lachte und klopfte Mark auf die Schulter. »Ich kann es nämlich nicht ausstehen, wenn mich Freunde blamieren. Ich habe dich hierher gebracht, damit du für mich fährst.«

»Das will ich ja auch«, beteuerte Mark. Innerlich fühlte er sich total zerrissen. Einerseits fand er die Situation superspannend. Aber andererseits bekam er auch wieder Muffensausen. Was, wenn er das Rennen vergeigte? Daran wollte er lieber nicht denken.

Er beschloss, sich ganz auf das anstehende Rennen zu konzentrieren.

TOKYO SPEED

Einer von Goshos Kumpanen fuhr den roten Mazda hinunter in das betonierte Kanalbett. Die Steigung war so flach, dass die Autos problemlos dorthin gelangen konnten. Zu Marks großer Erleichterung stand der Mazda in der Poleposition.

Mark wusste nicht, wie er zu dieser Ehre kam. Aber er musste den Vorteil unbedingt nutzen, denn es würde schwer genug für ihn werden. Das spürte er ganz genau.

Die anderen Fahrer waren ausnahmslos Japaner. Sie warfen Mark prüfende Blicke zu. Er konnte unmöglich erraten, was sie dachten. Inzwischen war er innerlich voll auf Stress.

Gosho machte eine herrische Handbewegung. Wenige Sekunden später waren alle Car-Hifis ausgeschaltet. Totenstille senkte sich über das Gelände.

»Das ist mein Freund Mark!«, rief Gosho und deutete auf Jacks Bruder. »Er ist der coolste Driver in der kalifornischen Tuningszene. Und er wird heute für mich den Sieg einfahren!«

Die anderen Kids applaudierten, doch einige lachten auch höhnisch. Die Freunde der anderen Fahrer hielten natürlich zu ihren Kumpanen.

Mark pflanzte sich auf den Fahrersitz des Mazda. Die graubeige Lederausstattung des Cockpits war vom Feinsten. Doch als er das Lenkrad ergriff, waren seine Handflächen schweiß-nass.

Gosho steckte durch das offene Seitenfenster den Kopf ins Wageninnere.

»Ich rechne fest damit, dass du gewinnst, Mark. Ich habe nämlich 10.000 Dollar auf dich gesetzt. Also enttäusche mich nicht. Sonst müsste ich dich nämlich auf Links ziehen. Und das willst du doch nicht, oder?«

Goshos Freundlichkeit war plötzlich wie weggeblasen. Er strahlte eine Eiseskälte aus, die Mark erstarren ließ.

Aber wie sollte er aus dieser Nummer wieder herauskommen? Ihm fiel keine Lösung ein. Weglaufen? Weit würde er wohl nicht kommen. Abgesehen davon, dass er überhaupt nicht wusste, wo er war.

Plötzlich wünschte sich Mark, sein Bruder wäre bei ihm. Aber dafür war es zu spät. Momentan gab es nur eine Sache, die Mark tun konnte.

Er musste das Rennen einfach gewinnen.

»Ich hol den Sieg, Gosho«, flüsterte Mark.

»Wir sehen uns später bei der Siegesfeier!« Noch ein Schul-terklopfen, dann trat Marks falscher Freund zurück.

Die Kids versammelten sich am Rand des flachen Kanalbe-ckens. Die Fahrer ließen ihre Motoren im Leerlauf aufheulen. Die Scheinwerfer wurden eingeschaltet.

Mark behielt jetzt Mahoko im Auge. Sie war wirklich eine blendende Schönheit. Ob sie Goshos Freundin war? Darüber konnte er sich später Gedanken machen. Momentan hatte er nur Augen für die Starterfahne in ihrer rechten Hand.

Er roch das Benzin, das Motorenöl und seinen eigenen Angstschweiß. Das hier war das richtige Leben, wie Mark in diesem Moment erkannte. Es war etwas völlig anderes, als am PC eine Rennsimulation zu fahren.

Einen Computer konnte man einfach ausschalten. Doch aus seiner momentanen Lage kam Mark nicht so einfach heraus. Auch seine üblichen Ausreden und Lügen nützten ihm da nichts. Er musste sich seinem Schicksal stellen, so einfach war das.

Mark konnte nur noch auf seine eigenen Fähigkeiten vertrauen. Das war die einzige Chance, die er hatte.

Bisher konnte sich Mark immer durchs Leben mogeln. Aber in seiner jetzigen Lage war das völlig unmöglich. Wie mega-krass!

Mahoko ließ mit einem spitzen Schrei die Fahne herabsausen.

Mit radierenden Reifen starteten die sechs getunten Auto-Monster. Im Handumdrehen verwandelte sich der stillgelegte Kanal in einen Hexenkessel. Motoren dröhnten, Pneus quietschten.

Die Mazda-Tachonadel jagte in schwindelerregende Höhen. Mark raste, als gäbe es kein Morgen mehr.

Doch die anderen Fahrer gaben sich nicht so schnell geschlagen. Ein schwarzer Lamborghini arbeitete sich unaufhaltsam heran, wie Mark aus den Augenwinkeln bemerkte.

Und dann waren da auch noch die Wagen aus der zweiten Reihe. Ihre Piloten wollten überholen – und das mit allen Mitteln.

Ein Nissan Maxima jagte die angeschrägte Seitenwand des Kanals hoch. Einen Moment lang dachte Mark, die Karre würde sich überschlagen. Doch der Neigungswinkel des Untergrunds war so flach, dass der Wagen auf den qualmenden Reifen blieb.

Der Nissan-Fahrer hatte nicht als Einziger diese geniale Idee gehabt. Seine Karre wurde nun hart von einem Honda bedrängt.

Beide Fahrzeuge waren noch eine halbe Wagenlänge hinter Mark. Das alles kriegte er nur am Rande mit.

Marks Hände krampften sich um das Lenkrad. Er musste sich voll darauf konzentrieren, vorn zu bleiben. Das war leichter gesagt als getan.

Denn nun zog der Lamborghini an ihm vorbei!

Mark kriegte die Krise. Er wollte gar nicht daran denken, was geschehen würde, wenn er das Rennen verlor. Nein, das durfte nicht passieren. Auf keinen Fall.

Mark lenkte seinen Mazda nun ebenfalls auf die angeschrägte Seitenwand des Kanals. Eine andere Chance hatte er nicht, wenn er sich wieder vor den Lambo setzen wollte. Die übrigen Karren waren ja auch noch da, um ihm den Sieg streitig zu machen.

Da brach der Nissan plötzlich aus. Der Fahrer verlor die Kontrolle. Die Karre stellte sich quer, kreiselte, die Pneus rauchten.

Bremsen kreischten, als der hinter dem Nissan aufschließende Honda Integra auszuweichen versuchte.

Doch der Crash war nicht mehr zu verhindern.

Der Honda orgelte krachend in die rechte Seite des quer stehenden Nissan.

All das bekam Mark nur durch flüchtige Blicke in den Rückspiegel mit. Er jagte nämlich verzweifelt hinter dem Lambo her, der sich souverän an die Spitze des Feldes gesetzt hatte.

Die italienische Sportkiste zeigte Mark die Rücklichter. Er holte aus seinem Mazda heraus, was nur irgend möglich war.

Die Scheinwerfer des vorausfahrenden Lamborghini erfassten nun die Umrisse der stillgelegten Kanalschleuse.

Das war der Wendepunkt!

Kaum schoss Mark dieser Gedanke durchs Hirn, als sein Rivale auch schon das Lenkrad herumriss. Ohne die Geschwindigkeit nennenswert zu drosseln, ließ er das Gummi der Sportwagenreifen brennen.

Der Lambo drehte sich in einem unglaublich kleinen Wendekreis. Dann raste er an Mark vorbei auf die Zielfahne zu.

Mark glaubte für einen Moment, den Triumph in den Augen des japanischen Fahrers aufleuchten zu sehen. Aber das war wahrscheinlich nur Einbildung. Es war viel zu dunkel und die Wagen hatten zu viel Speed, um solche Einzelheiten erkennen zu können.

Der Lamborghini lag an der Spitze. Die Poleposition hatte Mark nichts genützt, nicht die Bohne.

Er hatte keinen Plan, wie er den Vorsprung seines Rivalen noch aufholen sollte. Momentan musste er sein ganzes fahrerisches

Können aufbringen, um die Wende ebenfalls über die Bühne zu bringen. Wenn er nicht aufpasste, würde er den Mazda gegen das Schleusentor setzen.

Mark arbeitete gleichzeitig mit der Handbremse und dem Lenkrad. Einmal glaubte er, dass sich seine Karre gleich überschlagen würde. Aber dann war dieser entsetzliche Moment vorbei, und der Mazda hatte das Wendemanöver geschafft.

Mark beschleunigte in einem letzten verzweifelten Versuch, den Lambo doch noch zu überholen.

Da ertönte hinter ihm ein ohrenbetäubendes Krachen. Er warf einen Blick in den Rückspiegel. Alles konnte er nicht erkennen, dafür war es einfach zu finster außerhalb der Autoscheinwerfer-Lichtkegel. Aber Mark checkte trotzdem, was geschehen war.

Das, was er vermieden hatte, war einem der anderen Fahrer passiert. Die Karre eines Japaners war in das Schleusentor gecrasht.

Mark wusste nicht, ob das Wehr aus Holz oder aus Metall bestand. Auf jeden Fall hielt es dem Aufprall durch einen mit Höchstgeschwindigkeit dahinrasenden Muscle Car nicht stand.

Die Schleuse war hinüber. Das Wasser aus dem Kandagawa-Fluss ergoss sich in den stillgelegten Kanal!

Im Handumdrehen füllte sich die flache Betonrinne mit dem hereinströmenden Flusswasser.

RAZZIA!

Mark biss die Zähne zusammen. Jetzt kämpfte er nicht nur gegen die anderen Fahrer, sondern auch noch gegen die Fluten.

Zum Glück schien das Wasser nicht allzu hoch zu steigen. Noch konnte er jedenfalls fahren, obwohl der Mazda bereits durch ansteigende Fluten pflügte und riesige Wassermassen nach links und rechts verspritzte.

Und das Wasser bremste bereits das Vorwärtskommen.

Es spielte aber ohnehin keine Rolle mehr, denn der Lamborghini passierte die Ziellinie.

Aus der Entfernung sah Mark, wie Mahoko hüpfend die Fahne schwenkte und die Freunde des Lambo-Fahrers in Jubel ausbrachen.

Gosho konnte Mark nirgendwo entdecken. Doch sein japanischer Kumpel würde bestimmt nicht begeistert sein. Ob er seine Drohungen wirklich wahr machte?

Damit musste Mark zumindest rechnen. Gosho war nicht der nette Kumpel, für den er ihn anfänglich gehalten hatte. Wer mehrere teure Sportwagen besaß, hatte gewiss jede Menge Kohle und damit auch Macht.

Wie kam ein junger Mann wie Gosho zu so viel Schotter? Gewiss nicht dadurch, dass er beim Pachinko gelegentlich ein Feuerzeug gewann und es dann in Bares umtauschte.

Mark wusste überhaupt nichts über Gosho, das wurde ihm in diesem Moment bewusst. Er war verdammt leichtgläubig gewesen, und dafür würde er bestimmt die Quittung erhalten.

Der Mazda raste weiterhin auf das Ziel zu, auch wenn er nur als Zweiter die Linie passieren würde.

So jemand wie Gosho gibt sich nicht mit dem zweiten Platz zufrieden, dachte Mark.

Doch noch bevor er das Ziel erreichte, geschah etwas völlig Unerwartetes.

Flutlicht flammte auf. Eine Lautsprecherstimme ertönte. Obwohl Mark die japanischen Worte nicht verstand, begriff er nur allzu schnell. Er wusste genau, was hier über die Bühne ging.

Eine Polizei-Razzia!

Plötzlich waren überall uniformierte Beamte. Die Polizisten schienen aus dem Boden zu wachsen. Sie hatte die Tuning-Fans eingekreist und rückten vor. Offenbar war die Polizei-Aktion gut vorbereitet.

Und Mark hatte an diesem illegalen Rennen teilgenommen!

Einerseits konnte die Polizei ihn zweifellos vor Gosho schützen. Andererseits kriegte er den Ärger des Jahrhunderts, wenn er aufgegriffen und nach Los Angeles zurückgeschickt wurde. Mark konnte sich die Reaktion seiner Eltern lebhaft ausmalen.

Aber noch war er nicht verhaftet. Noch saß er am Steuer eines verflixt schnellen Sportwagens. Und da er das Rennen sowieso verloren hatte, musste er auch die Ziellinie nicht erreichen.

Mark riss das Lenkrad nach links.

Der Mazda schleuderte, weil die Bodenhaftung mit den nassen Reifen suboptimal war. Aber irgendwie gelang es Mark doch, den Sportwagen die sanft ansteigende Betonschräge hochzujagen.

Die Ordnungshüter konzentrierten sich hauptsächlich auf die beim Ziel versammelten Tuningfans. Daher konnte Mark auf dem weitläufigen Gelände die Einkesselung durchbrechen.

Zwar nahmen sofort zwei Streifenwagen mit heulenden Sirenen die Verfolgung auf. Aber es waren nicht die schnellen Flitzer der Autobahnpolizei.

Auf jeden Fall gelang es ihm, sie abzuschütteln. Ob es nun an den gewaltigen Mengen Adrenalin in seinem Körper lag oder ob er schlicht und einfach Glück hatte – Mark wusste es nicht.

Mark quälte seinen Mazda in nervenzerfetzend langsamem Tempo durch die engen Gassen des traditionellen Wohnviertels. Sein Herz raste. Doch zu seiner größten Beruhigung konnte er hören, wie sich das Sirenengeheul der Einsatzfahrzeuge immer weiter von ihm entfernte. Er hatte es geschafft.

Doch noch war er nicht aus dem Schneider. Wo konnte er sich überhaupt noch sicher fühlen? Im Hotel jedenfalls nicht, denn Gosho wusste, dass er dort wohnte.

Mark musste nachdenken. Um nicht doch noch geschnappt zu werden, fuhr er weiter.

Natürlich hatte er überhaupt keinen Plan, wohin er sich wenden sollte. Tokio war riesig, und die Schriftzeichen auf den Hinweistafeln konnte er nicht lesen.

Instinktiv hielt er sich fern von den Expressways und den breiten Durchgangsstraßen, weil diese von der Polizei leicht überwacht werden konnten. Einmal hörte er auch einen Polizeihubschrauber.

Also kurvte Mark weiterhin im Schneckentempo durch die schmalen Gassen der traditionellen Viertel. Einmal wurde er sogar von einem Radfahrer überholt. Doch von Beschleunigungsrennen und Raserei hatte Mark sowieso erst mal die Nase voll.

Seine Irrfahrt durch das nächtliche Tokio endete am Morgen, als dem Mazda das Benzin ausging.

DER GROSSMEISTER

Stunden zuvor:

Die Karate Challenge war der absolute Wahnsinn.

Jack und Hisako erreichten das Kongresszentrum Big Sight ohne weitere Schwierigkeiten. Der futuristische Bau aus vier kopfstehenden Pyramiden war wirklich nicht zu übersehen.

Der Security am Eingang zeigten sie ihre Einladungen vor und bekamen daraufhin in Plastik eingeschweißte Teilnehmerausweise.

Einer der Sicherheitsmänner sagte auf Japanisch etwas zu Hisako.

»Wir sollen uns umziehen und dann hinüber in die Trainingshalle gehen«, übersetzte die Japanerin. »Dort beginnen dann die Lektionen für uns.«

Jack nickte. Er hatte diesem Augenblick so lange entgegengefiebert. Nun, da er endlich am Ziel angelangt war, fühlte er sich super. Es war, als würde die Zeit immer langsamer vergehen. Er genoss jeden Moment.

Jack verschwand in der Männer-Umkleide, legte seinen Karateanzug an und band sich den Gurt.

Als er wenig später auf die Matten der Trainingshalle trat, kam auch Hisako dazu. Sie hatte einen blauen Gurt, genau wie er selbst.

Also war die Japanerin in etwa auf demselben Level wie er. Wenn seine Glückssträhne nicht abriss, würde er gemeinsam mit ihr trainieren können.

Das hoffte Jack sehr. Er hatte noch nie ein Mädchen getroffen, mit dem er sich vom ersten Moment an so total gut verstand wie mit Hisako. Dafür war es gar nicht nötig, dass sie sich gegenseitig volltexteten. Auch ohne Worte hatten sie dieselbe Wellenlänge.

In der großen Halle gab es jede Menge Karatekämpfer aller Hautfarben. Sportler aus der ganzen Welt waren zu der Challenge eingeladen worden.

Nun stand die Begrüßung des Großmeisters an. Dieser war ein weißhaariger Japaner von undefinierbarem Alter. Doch Jack wusste durch Meister Matani, dass der Großmeister schon sehr betagt war. Das war schwer zu glauben, denn er bewegte sich wie ein junger Athlet.

Jack kniete sich zur rituellen Begrüßungszeremonie auf den Boden.

Der Blick des Großmeisters ruhte auf ihm. Es war, als könne er direkt in Jacks Seele blicken. Das Gesicht des Japaners war völlig ausdruckslos. Endlich sagte er:

»Jack Spade, dein Meister Matani hat dich hierhergeschickt. Nun zeig mir deine Kata.«

Jack verneigte sich abermals. Kata sind beim Karate eine Folge von Tritten, Stößen und Schlägen gegen einen ausgedachten Feind.

Jack strengte sich mächtig an. Er zeigte alles, was er bei Meister Matani gelernt hatte. Leichtfüßig tänzelte er um sich schlagend und tretend quer durch die Halle. Hätte er wirklich gegen einen Widersacher gekämpft – der Typ hätte sich warm anziehen können.

Doch als er fertig war, schüttelte der Großmeister den Kopf. »Das war sehr schlecht, Jack. Du hast dich bewegt wie ein Anfänger.«

Jack war am Boden zerstört, obwohl er sich das nicht anmerken ließ. Wie hatte Meister Matani ihn nur nach Tokio schicken können, wenn er so ein Nullchecker war?

Aber dann musste er daran denken, was sein Meister ihm eingeimpft hatte. Da gab es eine Sache, die ganz entscheidend war. Jacks Selbstvertrauen.

Er durfte sich nicht unterkriegen lassen. Noch nicht einmal dann, wenn der Großmeister ihn runterputzte. Er musste standhaft bleiben und die Zurechtweisung hinnehmen.

Der Großmeister winkte einen seiner Schüler heran und flüsterte ihm etwas ins Ohr.

Der jüngere Japaner eilte davon. Gleich darauf kehrte er gemeinsam mit Hisako zurück.

»Ich habe euch beobachtet, wie ihr hereingekommen seid«, sagte der Großmeister. »Stellt euch nebeneinander auf und macht eure Katas jetzt gemeinsam.«

Jack und Hisako verbeugten sich und führten die Anweisung des Großmeisters aus.

Diesmal wuchs Jack beinahe über sich selbst hinaus. Auf gar keinen Fall wollte er sich vor Hisako blamieren. Das wäre die größte Schande, die er sich vorstellen konnte. Sogar ein Anpfiff durch den Großmeister erschien ihm im Vergleich dazu als das kleinere Übel.

Die Handkanten sausten durch die Luft, Jack und Hisako traktierten ihre unsichtbaren Gegner mit einer Serie von Tritten und Stößen.

Jack stand der Schweiß auf der Stirn, als die Kata beendet war.

»Das war schon besser. Ihr müsst gemeinsam üben, Jack und Hisako. Jeder von euch kann die Schwächen des anderen ausgleichen. Wenn ihr euch aneinander messt, könnt ihr euch vervollkommnen.« Der Großmeister nickte zufrieden. »Ich werde euch in den nächsten Tagen unterrichten, wenn ihr euch als würdig erwiesen habt.«

Die beiden Kids verbeugten sich noch einmal tief und begannen dann sofort mit ihren Übungen.

»Wir sind Glückspilze«, sagte Hisako, während Jack ihre auf ihn gezielten Schläge abblockte. »Ich habe gehört, der Großmeister lässt die Schüler sonst tagelang nur Kondition üben, bevor sie richtig was lernen dürfen.«

Jack fühlte sich auf jeden Fall wie ein Gewinner. Es gab niemanden, den er in diesem Moment lieber bei sich gehabt hätte als Hisako. Er konnte seine Augen nicht von ihrem hübschen Gesicht abwenden.

Dennoch durfte er nicht steif in der Gegend herumstehen und sie anschmachten. Schließlich sollte sie sehen, was er alles draufhatte.

»Du musst auf deine Standfestigkeit achten«, sagte er daher und wollte sie mit einem gezielten Tritt aus dem Gleichgewicht bringen.

Doch Hisako erkannte seine Absicht und schickte ihrerseits Jack mit einer Gegenaktion auf die Matte.

Beim Training verging die Zeit wie im Flug. Irgendwann gab es eine Mittagspause für alle, die schweigend in Gegenwart des Großmeisters verbracht wurde.

Jack beglückwünschte sich selbst, dass er schon in Los Angeles den Umgang mit Essstäbchen gelernt hatte. Sonst hätte er hier ganz schön alt ausgesehen.

Nach dem Essen wurde dann weiter trainiert bis zum Abend.

Schließlich erklärte der Großmeister die Challenge bis zum nächsten Morgen für beendet.

Jack zermarterte sich den Kopf, wie er Hisako am besten seine Gefühle zeigen konnte. Beim Karate war alles ganz einfach. Man musste die richtigen Techniken lernen und sie im passenden Moment anwenden.

Aber mit welcher Methode konnte er bei einem Mädchen landen?

Das wusste Jack nun überhaupt nicht. Aber er durfte es sich mit Hisako nicht verderben, das hätte er sich selbst nie verziehen.

EIN WIRKLICH SÜSSES GIRL

Sie hatten sich draußen vor der Kongresshalle verabredet. Jack trat von einem Bein auf das andere, als müsste er dringend auf die Toilette.

Endlich war es soweit und Hisako kam aus dem Big Sight auf ihn zu.

»Sorry, dass du so lange warten musstest. Aber es dauert verflixt lange, nach dem Duschen meine Frisur zu stylen.«

»Okay, kein Problem. Äh ... Hisako? Ich – ich muss dir etwas sagen.«

»Ja?«

Sie schaute ihn mit ihren wunderschönen dunklen Mandelaugen fragend an.

Nun gab es kein Zurück mehr. Jack hatte keine nennenswerten Erfahrungen mit Mädchen, aber er wollte ihr unbedingt sagen, was er empfand.

»Ich habe dich ... äh, ich wollte sagen ... Du bist ... Nein, also – du musst mich bei den Kumite-Übungen härter packen. Sonst kann ich mich zu leicht losreißen.«

Was war das denn?, rief sich Jack selbst innerlich zu, nachdem er die Worte gestammelt hatte. Er wollte über Liebe reden und landete doch wieder bei Karate. Ob Hisako ahnte, was in ihm vorging?

»Das werde ich morgen tun, Jack«, versprach sie lächelnd. »Ich muss dir aber auch etwas sagen.«

»J–ja?«

»Ja. Ich finde dich furchtbar süß.«

Sie stellte sich auf die Zehenspitzen und gab Jack einen Kuss auf die Wange.

Dem Jungen stockte der Atem. Seine Knie wurden weich wie Butter, ihm brach der Schweiß aus. Ihm fiel kein schlauer Spruch ein, mit dem er Hisakos Vorstoß erwidern konnte.

Und dann nahm er das Mädchen einfach in die Arme.

Es ging besser, als er gedacht hatte. Hisako schmiegte sich an ihn, der frische Jasminduft ihrer gefärbten Haare kitzelte seine Nase. Jack fühlte sich in diesem Moment einfach nur total happy.

Nach einer Weile gingen sie Hand in Hand zur Fähre, um die künstliche Insel Odaiba zu verlassen. Keiner von ihnen sprach ein Wort. Sie wollten die romantische Stimmung möglichst lange auskosten.

Jack und Hisako standen an der Reling und schauten auf die Skyline von Tokio. Der Anblick von unzähligen Lichtern und schrillen Neonreklamen über dem dunklen Wasser der Bucht war der Hammer.

Hisako lehnte ihren Kopf gegen Jacks Schulter.

Jack war einfach hin und weg. So einen Moment hatte er noch nie erlebt und er wünschte sich, er würde niemals enden.

Doch irgendwann landeten sie in der stets überfüllten Tokioter U-Bahn, die selbst nachts noch reichlich genutzt wurde.

Hisako brachte Jack zu seinem Hotel.

»Das war total toll heute mit dir.«

Jack hatte lange überlegt, was er sagen sollte. Aber etwas Besseres als dieser Satz fiel ihm nicht ein. Er fand selbst, dass seine Worte voll abgedroschen klangen.

Aber Hisako spürte offenbar die Gefühle, die dahinersteckten. »Fand ich auch, Jack. Schlaf gut und träum schön – aber nur von mir, kapiert?«

Sie legte ihre Arme um seinen Nacken und küsste ihn auf den Mund. Dann löste sie sich von ihm und lief lachend und winkend zurück zur U-Bahn-Station.

Jack war immer noch wie in Trance. Irgendwie gelangte er in sein Hotelzimmer.

Jack war superleise. Er rechnete damit, Marks Schnarchen zu hören. Aber der Raum war dunkel und verwaist.

Jack schaltete die Deckenbeleuchtung ein. Marks Bett war unberührt. Auch im Bad war keine Spur von dem älteren Bruder zu entdecken.

Offenbar hatte Mark geduscht und die Klamotten gewechselt. Wie üblich hatte er seinen Kram überall herumliegen lassen. Ordnung war nicht Marks Stärke.

»Was der Vogel wohl treibt?«, fragte sich Jack. Eine Antwort erhielt er nicht, die Wände blieben stumm.

Ihm fiel sein Handy ein. Er hatte es ausgeschaltet, denn in der Trainingshalle hatten Mobiltelefone natürlich nichts verloren. Und nach der Karate Challenge war er die ganze Zeit mit Hisako zusammengewesen. Da hatte er natürlich auch nicht an sein Handy gedacht.

Ob Mark versucht hatte, ihn zu erreichen?

Einen Moment lang überlegte Jack, ob er seinen Bruder anrufen sollte.

Aber dann entschied er sich dagegen. Mark sollte nicht denken, dass Jack ihn überwachen wollte. Schließlich hatte er rumgetönt, dass er sein eigenes Ding durchziehen wollte und Jack einfach nur nervig fand.

Wahrscheinlich tobte Mark gerade durch eine Disco und baggerte die Mädels an der Tanzfläche an.

Außerdem machte sich allmählich die Erschöpfung bei ihm bemerkbar. Schließlich war es ein aufregender Tag gewesen, angefüllt mit hartem Training.

Doch das wichtigste Ereignis war natürlich die Begegnung mit Hisako. Jack konnte ihre süßen Lippen immer noch auf den seinen spüren, wenn er sich konzentrierte.

Nach dem Waschen und Zähneputzen ließ sich Jack völlig erledigt in sein Bett fallen. Er brauchte dringend eine Mütze Schlaf, sonst würde er morgen bei der Challenge grandios ablosen.

Jack sah Hisakos hübsches Gesicht vor sich, als er die Augen schloss. Ganz kurz dachte er noch an seinen Bruder.

Mark wird schon okay sein. Unkraut vergeht nicht.

Das war Jacks letzter Gedanke, bevor er wegratzte.

ACTION ZONE

VERLOREN IN TOKIO

Mark saß tief in der Tinte.

Nachdenken war nicht wirklich seine Stärke. Er war nicht blöd, aber er handelte lieber, ohne sich vorher mit den möglichen Folgen zu befassen. Genau das war der Grund, dass er jetzt in Schwierigkeiten steckte.

Die Morgendämmerung zog über den geschwungenen Dächern des alten Stadtteils hinauf, in dem er sich befand. Mark hockte in dem Mazda, den er neben einem Haus aus rot lackiertem Holz geparkt hatte. Sein Magen knurrte, und Durst hatte er auch.

Frühstück war im Zimmerpreis inbegriffen. Das hatte Jack ihm am Vortag gesagt.

Jack!

Ob der ihm helfen konnte?

»Der hat doch nur sein dämliches Karate im Kopf«, murmelte Mark. Trotzdem – genau in diesem Moment wünschte er sich, er selbst würde etwas von Kampfkunst verstehen. Dann hätte er keine Angst vor Gosho und dessen Schergen haben müssen.

Der junge Japaner mit der Sonnenbrille würde richtig sauer

sein, daran hatte Mark keinen Zweifel. Schließlich hatte Gosho nichts weniger als den Sieg von ihm erwartet. Und gewonnen hatte Mark das Rennen definitiv nicht. Und dann war Mark mit Goshos Mazda ausgebüchst, um vor der Polizei-Razzia zu fliehen ...

Ein Gedanke schoss Mark durch den Kopf. Was, wenn die Polizei Gosho verhaftet hatte? An diese Möglichkeit hatte er bisher noch gar nicht gedacht.

Aber es war durchaus möglich. So, wie sich Gosho aufgeführt hatte, war er die treibende Kraft hinter diesen illegalen Rennen. Als einfachen Mitläufer konnte man ihn gewiss nicht ansehen. Sonst hätte er kaum 10.000 Dollar auf Mark gewettet.

Natürlich wusste Mark nicht, was aus Gosho geworden war. Möglicherweise hatte er der Polizei entkommen können. Die war allerdings auch hinter Mark selbst her. Immerhin war er ein Fahrer bei einem illegalen Rennen gewesen. Darüber würden die Ordnungshüter nicht einfach so hinwegsehen.

Zwar drohte Mark von Seiten der Polizei weniger Gefahr als von Gosho. Aber er hatte absolut keine Lust, wegen dieser blöden Renngeschichte nach Los Angeles zurückgeschickt zu werden. Das konnte er voll vergessen.

Er erschrak beinahe zu Tode, als plötzlich jemand gegen die Seitenscheibe seines Mazdas schlug!

Das Herz rutschte ihm in die Hose. Hatten Gosho und dessen Kumpane ihn aufgespürt?

Als Mark den Kopf drehte, sah er nur einen älteren Japaner im Kimono, der neben dem Auto stand und erneut die flache Hand gegen die Scheibe klatschte.

Er schrie Mark in seiner Muttersprache an und gestikulierte wild, zeigte auf den Mazda, dann auf das rot lackierte Holzhaus und machte die Geste des Lenkraddrehens.

Zwar verstand Mark kein Japanisch, aber den Sinn dieser Pantomime checkte er. Neben dem Haus durfte nicht geparkt werden, er sollte gefälligst wegfahren!

Das hätte Mark ja gern getan, aber der Tank war knochentrocken.

Doch der Opa im Kimono war tierisch sauer, trotz der sonst so sprichwörtlichen japanischen Zurückhaltung.

Es gab keine Möglichkeit, den Mazda von der Stelle zu rühren. Also würde der Hausbesitzer gewiss die Polizei rufen. Und das war gar nicht gut für Mark.

Es gab nur eine Möglichkeit für ihn. Mark öffnete die Beifahrertür, um nicht an dem Mann vorbei zu müssen. Er schlängelte sich aus dem Auto und lief davon.

Der Kimonoträger schrie hinter ihm her und wollte hinterher. Doch obwohl Mark alles andere als eine Sportskanone war, konnte er den gut fünfzig Jahre älteren Verfolger schon nach zwei Straßenecken abschütteln.

Wenn es nach Mark ging, konnte die Polizei gern den Mazda abschleppen. Die Karre gehörte sowieso Gosho, und den wollte er nie wiedersehen.

Nachdem er noch eine Weile durch die Gassen geirrt war, fasste er einen Entschluss.

Er wollte das Risiko eingehen und zum Hotel fahren. Es konnte natürlich sein, dass Goshos Schergen ihm dort auflauerten. Er würde eben die Augen aufhalten müssen.

Allerdings hatte Mark nach wie vor keinen Schimmer, wo genau er sich befand. Nun, immerhin wusste er den Namen des Hotels. Und der Stadtteil? Was hatte noch mal der Taxifahrer gesagt? Wie hieß das Viertel?

Der fremde Begriff lag Mark auf der Zunge. Aber Hunger und Durst trugen nicht gerade zu seiner Konzentration bei. Außerdem hatte er während der Nacht überhaupt kein Auge zugetan. Er schwitzte und war total verklebt.

Eine Dusche wäre auch nicht schlecht, dachte er sich.

All diese Annehmlichkeiten warteten im Hotel auf ihn.

Plötzlich fiel es ihm wieder ein. Der Stadtteil hieß Shinjuku.

Mark war sofort besser drauf. Er brauchte dringend ein Erfolgserlebnis, selbst so ein ganz kleines.

Mark stiefelte weiterhin durch die engen Gassen, in denen sich die Bewohner allmählich für den Tag fit machten.

Eine Frau kippte einen Eimer mit Wischwasser aus der Tür, ohne nach links und rechts zu schauen.

Mark bekam die volle Ladung ab.

Er hatte noch zur Seite springen wollen, war aber zu langsam gewesen.

Die Hausfrau entschuldigte sich wortreich. Das nahm Mark jedenfalls an, denn sie sprach nur Japanisch. Dann bat sie ihn unter zahlreichen Verbeugungen ins Haus.

Mark nahm das Angebot an. Es blieb ihm auch nichts anderes übrig, denn er war nass wie ein begossener Pudel. Außerdem brauchte er dringend eine Verschnaufpause.

Die Frau zeigte ihm mit Gesten, dass er seine Schuhe ausziehen sollte, bevor er das Haus betrat. Mark fügte sich.

Die Japanerin holte einen etwa zwölfjährigen Jungen, der eine Schuluniform trug.

»Ich bin Yuki«, sagte er in fließendem Englisch. »Meine Mutter entschuldigt sich tausend Mal für die Unannehmlichkeiten. Sie bietet Ihnen an, Ihre Kleider zu waschen und zu bügeln. Natürlich bekommen Sie auch etwas zum Wechseln von uns.«

»Okay, das wäre nicht schlecht. Mein Name ist übrigens Mark.«

Doch schon wenig später bereute Mark seine Zusage. Denn die Kleidung, die ihm im Bad zurechtgelegt wurde, bestand aus einem Kimono und Sandalen.

»Hey, ich laufe doch nicht in einem Bademantel durch die Gegend!«, beschwerte er sich.

»Ein Kimono ist ein normales traditionelles Kleidungsstück«, erklärte Yuki. »Leider haben wir keine anderen Kleider in Ihrer Größe, Mark. Der Kimono stammt von meinem Großvater.«

Na super! Ein Opa-Kimono!, dachte Mark missmutig. Aber alles Rumzicken würde ihm nichts helfen. Er zog den Kimono an und steckte sein Geld und sein Handy ein.

Momentan hatte er nur Dollars, da er noch nicht zum Geldwechseln gekommen war.

»Perfekt. Sie sehen aus wie ein Japaner«, sagte Yuki.

Mark blinzelte misstrauisch. Wollte sich der Kleine über ihn lustig machen? Aber Yuki mit seiner korrekten Schuluniform, seiner starken Brille und dem ernsten Gesicht wirkte ganz und gar nicht wie ein Spaßvogel.

Yukis Mutter servierte Mark süßen Reiskuchen und grünen Tee. Beides schmeckte gewöhnungsbedürftig. Doch Mark war viel zu hungrig und durstig, um sich groß an diesem Umstand zu stören.

Während er aß, malte Yuki ein paar Schriftzeichen auf einen Zettel und gab ihn Mark.

»Meine Mutter sagt, Ihre Kleider sind bis zum Nachmittag wieder sauber und trocken. Das hier ist unsere Adresse. Wenn Sie das Papier einem Taxifahrer zeigen, wird er herfinden.«

»Super, danke«, sagte Mark. »Kannst du mir sagen, wie ich nach Shinjuku komme?«

»Das ist am anderen Ende von Tokio. Aber auf meinem Schulweg kann ich Sie zur U-Bahn-Station bringen.«

Mark beglückwünschte sich dazu, dass er einen einheimischen Helfer mit guten Englischkenntnissen gefunden hatte. Das schien in dieser Gegend nicht selbstverständlich zu sein.

Alle Straßenschilder und Aufschriften an Läden und Bars bestanden ausschließlich aus japanischen Schriftzeichen.

Wenig später verabschiedeten sie sich von Yukis Mutter. Der Junge führte Mark durch das Gassen-Labyrinth. Mark war sicher, niemals allein zu dem Haus zurückfinden zu können.

Die U-Bahn-Station befand sich hingegen an einer breiten Hauptverkehrsstraße.

Mark kam sich in dem fernöstlichen Kleidungsstück immer noch merkwürdig vor. Aber niemand nahm Anstoß an seinem Aufzug. In der schrillen Modemetropole Tokio war ein Amerikaner im Kimono nämlich keine Sensation.

Unmittelbar neben der U-Bahn-Station befand sich eine Bankfiliale, wo er seine Dollars in Yen umtauschen konnte. Dann löste er mit Yukis Hilfe ein Ticket.

»Tausend Dank noch mal«, murmelte Mark zum Abschied.

»Gern geschehen. Ich wünsche Ihnen Glück, Mister Mark.«

Das konnte Mark brauchen, denn gleich darauf musste er sich mit unzähligen anderen Passagieren in die bereits gefüllten U-Bahn-Wagen quetschen. Da war es nur ein geringer Trost, dass Mark einen Kopf größer war als die meisten Menschen um ihn herum. Ihre Ellenbogen hatte er trotzdem in seinen Rippen.

Yuki hatte für Mark auch die Stationen aufgeschrieben, wo er umsteigen musste. Wie durch ein Wunder gelang es ihm, sich mit der Menge von Mitpassagieren jedes Mal rechtzeitig aus dem Waggon schwemmen zu lassen.

Doch beim letzten Umsteigen hatte Mark plötzlich ein mulmiges Gefühl in der Magengegend. Seine Hand glitt in die Kimonotasche.

Sein Handy war verschwunden!

VERFOLGUNGSJAGD

Mark sah sich um, aber die U-Bahn fuhr bereits weiter. War ihm das Mobiltelefon aus der Tasche gefallen oder war es geklaut worden?

Das spielte keine Rolle mehr. Das Handy war futsch!

Mark fühlte sich suboptimal. Es war, als hätte ihm jemand mit einer Schaufel vor die Stirn geschlagen.

Nun konnte er nur noch darauf hoffen, dass ihm Gosho kein Empfangskomitee geschickt hatte.

Er verließ die U-Bahn-Station Shinjuku-Sanchome. Immer wieder warf er Blicke über die Schulter nach hinten. Aber keiner der zahlreichen Japaner um ihn herum schien sich für ihn zu interessieren. Die meisten von ihnen trugen Anzüge und schleppten Aktentaschen. Offenbar waren sie auf dem Weg ins Büro.

Gosho sitzt bestimmt längst hinter schwedischen Gardinen, versuchte sich Mark zu beruhigen. Auf der Rolltreppe behielt er trotzdem die Menschen in seiner Nähe genau im Auge. Doch sie alle befanden sich bereits im Erwachsenenalter, manche hatten sogar schon graue Haare. Gosho und dessen Kumpels hingegen waren genauso jung wie Mark selbst.

Auf der Straße beobachtete Mark weiterhin seine Umgebung. Die Gegend kam ihm ein wenig bekannt vor und er schöpfte Hoffnung.

Dann endlich sah er das Hotelgebäude!

Marks Herz schlug schneller. Er fühlte sich plötzlich super, weil er in dieser völlig fremden Stadt zum Hotel zurückgefunden hatte. Die Aussicht auf das bequeme und sichere Zimmer ließ ihn unvorsichtig werden.

Seine Schritte wurden immer schneller. Er rannte schon beinahe, obwohl die Sandalen dafür nicht gerade geeignet waren. Und er blickte nicht mehr nach rechts oder links.

Mark war höchstens noch zwanzig Meter vom Hoteleingang entfernt, da hörte er einen Motor aufheulen.

Okay, das Hotel befand sich an einer mehrspurigen Durchgangsstraße, da waren Geräusche von Fahrzeugen nichts Außergewöhnliches. Aber der Sound dieser Maschine kam Mark nur allzu bekannt vor.

Es war eine Dodge Viper!

Mark warf den Kopf herum. Und da kam auch schon der schwarz lackierte Sportwagen auf ihn zugeschossen.

Gosho musste irgendwo in einer Seitenstraße gelauert haben.

Während andere Autofahrer in die Bremsen stiegen und protestierend hupten, zog Gosho seine Viper quer über mehrere Fahrbahnen und brachte die Kiste an der Bordsteinkante zum Stehen.

Der sonnenbebrillte Japaner riss die Tür auf.

Und er war nicht allein. Zwei seiner Kumpane saßen mit im Wagen.

Sie sprangen ebenfalls aus der Karre, waren genauso gekleidet wie Gosho. Sie trugen coole dunkle Designer-Anzüge.

Von Goshos falschem Lächeln war nichts mehr geblieben. Seine Miene zeigte deutlich, dass er immer noch stinksauer auf den Amerikaner war.

Die Typen hatten Mark den Weg zum Hotel abgeschnitten.

Also machte er kehrt und rannte davon. Etwas Besseres fiel ihm nicht ein. Polizisten waren weit und breit keine zu sehen. Außerdem wollte Mark nicht unter die Fittiche der Ordnungsmacht kriechen, wenn es sich irgendwie vermeiden ließ. In dem Mazda waren schließlich überall seine Fingerabdrücke.

Am Ende würde Gosho vielleicht sogar noch behaupten, Mark hätte ihm das Auto geklaut. Zuzutrauen war es dem falschen Freund.

»Bleib stehen!«, rief Gosho in diesem Moment auf Englisch. Aber darauf ließ sich Mark gar nicht erst ein. Gosho hatte ihm am Vortag schließlich deutlich genug gedroht.

Mark lief so schnell er konnte. Das war gar nicht so einfach mit diesem verflixten Kimono. Entsprechend schnell holten seine Verfolger auf.

Goshos Kumpane verringerten den Abstand zu Mark, während sich Gosho selbst als Strippenzieher im Hintergrund hielt.

Mark kriegte die Krise. Gleich würden sie ihn am Kragen haben. Gegen die Übermacht hatte er keine Chance. Jack als Karatekämpfer könnte wahrscheinlich gegen alle drei antreten. Aber Jack war nicht da, wie Mark schmerzlich bewusst wurde.

Und dann kam ihm eine verzweifelte Idee.

Er blieb abrupt stehen, zog eine der Sandalen aus und warf sie nach den Japanern.

Damit hatten die Kerle nicht gerechnet. Der Vordere von ihnen bekam den Latschen direkt ins Gesicht gepfeffert. Der Typ war so verblüfft, dass er über seine eigenen Beine stolperte und laut auf Japanisch fluchend zu Boden ging.

Das geschah so schnell, dass der zweite Kerl über ihn fiel und ebenfalls die Gehwegplatten küsste.

Nur Gosho konnte rechtzeitig abstoppen. Er rief mit heiserer Stimme einen Befehl.

All das hatte Mark durch Blicke über die Schulter festgestellt, denn er rannte natürlich weiter. Die zweite Sandale hatte er zurückgelassen. Barfuß konnte er besser fliehen.

Er hoffe nur, dass er nicht in Glasscherben trat. Aber die Straßen waren in Tokio wesentlich sauberer als in Los Angeles.

Mark fragte sich, was Gosho wohl im Schild führte. Er konnte sich nicht vorstellen, dass sein Widersacher so schnell aufgeben würde. Und damit lag er voll richtig, wie er allzu schnell feststellte.

Wieder wurde die Viper-Maschine auf Touren gejagt.

Das Trio wollte die Verfolgung offenbar per Auto fortsetzen. Leider war Mark inzwischen schon an der U-Bahn-Station vorbeigelaufen. Die Rolltreppen hinunter hätten sie ihm mit der Karre nicht folgen können. Aber es war zu spät, um dorthin zurückzulaufen.

Zwar musste sich die Viper noch an einigen anderen Fahrzeugen vorbeikämpfen. Doch das war nur eine Frage von Sekunden.

Da erblickte Mark die Rettung.

Ein Fahrradkurier war soeben von seinem Mountainbike gesprungen, um eine Lieferung in ein Bürohaus zu bringen. Sein Rad hatte der Bote draußen stehenlassen, ohne es abzuschließen. War das Zufall oder in Tokio üblich?

Mark wusste es nicht. Aber er raffte den Saum seines Kimonos und sprang in den Sattel des Zweirads.

Im ersten Moment fühlte es sich merkwürdig an, barfuß die Pedale zu treten. Aber es ging besser, als Mark befürchtet hatte.

Natürlich war die Viper immer noch schneller als ein Mountainbike. Aber im dichten Berufsverkehr der Tokioter City hatte Mark nun eine echte Chance zu entkommen.

Wieder war ein Rennen angesagt. Doch diesmal ging es um alles.

Mark wollte sich gar nicht ausmalen, was Gosho mit ihm anstellen würde. Das durfte nicht passieren. Mark musste ihm einfach entkommen.

Zunächst konnte Mark seinen Vorsprung ausbauen. Er nutzte die Lücke zwischen einem Stadtbus und einem Mitsubishi-Van, wechselte noch schnell die Spur und rauschte Richtung Shinjuku

Station davon. Das große Bahnhofsgebäude war nicht zu übersehen.

Das Fahrrad hatte einen Rückspiegel. Darin konnte Mark sehen, dass die Viper zunächst ins Hintertreffen geriet. Schon glaubte er, Gosho abgeschüttelt zu haben. Aber diese Hoffnungsblase zerplatzte schnell.

Röhrend schob sich der schwarze Sportwagen auf einer parallelen Fahrbahn näher an Mark heran.

Mark tauchte in eine Verkehrslücke und bog in eine Seitenstraße ab.

Er musste sich voll aufs Fahren konzentrieren.

Zwei Arbeiter schoben einen großen Müllcontainer aus Metall auf die Straße. Mark riss den Lenker herum. Im letzten Moment bewahrte er sich selbst davor, gegen das Ding zu crashen.

Immerhin verschafften die Männer ihm ungewollt eine Atempause. Hinter sich hörte er die Hupe der Viper, und Gosho brüllte etwas auf Japanisch. Klar, die schmale Seitenstraße war dank des Müllcontainers momentan für Autos unpassierbar.

Mark bog um eine Ecke. Er hatte null Plan, wohin er sich wenden sollte. Ob es Sinn machte, einen Bogen zu schlagen und zum Hotel zurückzukehren?

Das war nicht gut, das wusste Mark. Genau damit rechnete Gosho. Dort konnten seine Kumpel Mark pflücken wie eine reife Frucht.

Was also tun?

Plötzlich entdeckte Mark vor sich mehrere Radkuriere, und sie trugen die gleichen Uniformen wie der Typ, dessen Mountainbike sich Mark »ausgeborgt« hatte. Sie verließen ein Gebäude und schwärmten in verschiedene Richtungen aus. Offenbar befand sich dort die Zentrale eines Kurierdienstes.

Mark kam eine Idee. Barfuß und im Kimono sah er zwar nicht gerade wie ein Fahrradkurier aus. Aber es war ja möglich, dass er gerade erst zum Dienst antreten wollte. In amerikanischen Städten arbeiteten oft die größten Paradiesvögel für solche Firmen.

Außerdem waren Radkuriere meist sehr jung, genau wie er. Da diese Typen hier Uniform trugen, gab es gewiss auch irgendwo im Haus eine Umkleide ...

Mark sprang vom Rad, hastete ins Gebäude und murmelte etwas, das wie »Sayonara« klang. Er wusste nicht genau, ob das ein korrekter japanischer Gruß war. Aber wie er es gehofft hatte, nahm niemand Notiz von ihm.

Ein dicker Typ hockte vor einem Computer und bediente gleichzeitig eine Telefonanlage. Etliche Fahrer und Fahrerinnen in Uniform hingen herum. Die meisten waren Japaner, aber einige schienen auch Amerikaner oder Europäer zu sein.

Mark tat so, als würde er schon ewig und drei Tage für den Laden arbeiten.

Ein uniformierter Fahrer kam gerade eine schmale Treppe herunter. Ob dort oben die Umkleide war?

Einer der Japaner drückte Mark einen Spruch rein, und die anderen wollten sich schieflachen. Hatten die über seinen Kimono gelästert? Mark wusste es nicht, und es war ihm egal.

Er rannte die Treppe hoch.

Bingo!

Er hatte die Umkleide gefunden und er war allein dort. Die privaten Klamotten der Fahrer wurden offenbar in Spinde eingeschlossen, aber es hingen jede Menge Kurier-Uniformen offen herum.

Mark schlüpfte in eine davon. Sie bestand aus schwarzen, knielangen Radlershorts mit einem dazu passenden Funktionsshirt in schwarz-grün, das mit dem Firmenemblem versehen war. Auch schwarze Sneakers in seiner Größe fand er.

In dieser Uniform fühlte sich Mark tausendmal wohler als in dem traditionellen Japan-Dress.

Er holte sein Geld heraus, ließ den verflixten Kimono zurück und stopfte die Kohle in die Shirttasche mit dem Reißverschluss.

Die ganze Aktion hatte nur ein paar Minuten gedauert. Wenn sein Glück ihn nicht verließ, hatten Gosho & Co. seine Spur verloren. Sie würden nach wie vor nach einem Typen im Kimono Ausschau halten, aber nicht nach einem uniformierten Kurierfahrer. Das hoffte Mark jedenfalls.

Er eilte wieder die Stufen hinab und drängte sich zwischen den anderen Fahrern nach draußen. Offenbar hatte immer noch niemand gemerkt, dass er nicht zu ihnen gehörte.

Mark schwang sich auf das Mountainbike und warf sichernde

Blicke nach rechts und links. Aber von Goshos PS-Monster war weit und breit nichts zu sehen.

Mark wollte sein Glück nicht überstrapazieren. Er schwang sich in den Sattel und raste im Eiltempo davon.

DIE JAPANISCHE MAFIA

Gosho schlug auf die Hupe, als hätte er den Verstand verloren. Aber die Arbeiter, die mit dem Müllcontainer den Weg versperrt hatten, wollten sich nicht hetzen lassen.

Da sprangen Goshos Kumpane Sakura und Keiko aus der Viper, um die Lage zu klären.

»Schafft sofort den Dreckkübel fort, ihr stinkigen Würmer!«, bellte der breitschultrige Sakura.

»Der Container bleibt.«, gab ein Arbeiter mit Händen wie Kohleschaufeln zurück. »Gleich kommt die Müllabfuhr, dann schaffen wir ihn wieder rein. Wartet gefälligst solange.«

»Aber du musst nicht warten, bis ich dir das Fell gerbe!«

Mit diesen Worten stürzte sich Sakura auf den Arbeiter.

Aber der hatte schon erkannt, dass die Insassen des Sportwagens auf Krawall gebürstet waren.

Die beiden Männer in den blauen Overalls fühlten sich im Recht, denn sie machten schließlich nur ihren Job.

»Lass dir von dem Modeaffen nichts gefallen«, rief der kleinere Arbeiter seinem Kumpel zu.

Dieser war Sakuras Angriff bereits ausgewichen und knallte Goshos Kumpel die geballte Faust auf die Nase.

Da griff auch Keiko an. Er wollte dem anderen Arbeiter ans Leder.

Der war zwar nicht so bullig, wusste sich aber trotzdem zu wehren. Er tauchte unter Keikos Faustschlag weg und rammte dem Anzugträger seinen Ellenbogen in die Rippen.

Im Handumdrehen war eine handfeste Keilerei im Gange. Weder Sakura und Keiko noch die beiden Arbeiter gewannen schnell die Oberhand. Offenbar waren beide Parteien in etwa gleich stark.

Gosho hatte mit der Huperei aufgehört. Er ärgerte sich über die Unfähigkeit seiner Kumpane.

Wenn man nicht alles selbst macht, dachte er schlecht gelaunt, stieß die Fahrertür auf und sprang aus der Viper.

»Hey!«

Scharf wie ein Peitschenhieb knallte Goshos Ruf. Sowohl seine Freunde als auch die beiden Arbeiter hielten inne und schauten zu ihm hinüber.

Gosho grinste wölfisch, zog seine Pistole aus der Tasche und legte sie auf das Autodach. Dann drohte er den beiden Angreifern: »Wenn ihr beiden Clowns nicht in zehn Sekunden verschwunden seid, passiert ein Unglück.«

Der Blick des breitschultrigen Arbeiters wanderte von der Waffe zu Goshos Gesicht und wieder zurück.

»Yakuza?«, fragte der eine.

Gosho beantwortete die Frage, indem er seinen linken Jackettärmel hochschob. Ein kunstvolles Tattoo, das einen feuerspeienden Drachen zeigte, kam darunter zum Vorschein.

94

Daraufhin drehten sich die beiden Arbeiter wie auf Kommando um und gaben Fersengeld.

Gosho gehörte zur Yakuza, dem organisierten Verbrechen in Japan, der japanischen Mafia also. Und diese Gangster waren meist an ihren Tätowierungen zu erkennen. Da reichte schon der Anblick, um einen Normalbürger in Angst und Schrecken zu versetzen.

Auch Goshos beide Kumpane gehörten dazu, standen aber in der Hackordnung weit unter ihm. Deshalb mussten sie für ihn die Drecksarbeit machen.

Gosho lachte. »Sakura und Keiko — nehmt euren Blaumann-Freunden die Arbeit ab und schiebt den Müllcontainer zurück!«

Goshos Kumpane befolgten den Befehl, wobei Keiko ausrutschte und mit seinem Designer-Anzug im Dreck landete.

Endlich gelang es den beiden mit vereinten Kräften, den Weg freizumachen. Gosho hockte bereits wieder hinter dem Lenkrad und ließ den Motor aufheulen.

»Na endlich, ihr lahmen Enten! Ich wette, der Gaijin ist bereits über alle Berge.«

Sakura und Keiko schwiegen missmutig. Sie wussten selbst, dass durch die blöde Sache mit dem Müllcontainer wertvolle Minuten verplempert worden waren.

Goshos düstere Voraussage bewahrheitete sich. Obwohl die Viper mit einem Affenzahn durch die engen Straßen raste, konnten sie den Flüchtenden nirgends mehr entdecken.

»Da!«, rief Keiko und zeigte nach links.

Auch Gosho hatte das Kurierdienst-Gebäude bereits entdeckt. Er stieg in die Eisen.

»Wir checken, ob sich der Hundesohn dort verkrochen hat!«, befahl Gosho und stieg aus.

Gefolgt von seinen beiden Kumpanen betrat er die Firmenzentrale. Dort verstummten die Gespräche augenblicklich. Während Mark unter den Kurierfahrern nicht weiter aufgefallen war, erregten Gosho, Sakura und Keiko sofort Aufsehen. Sie verbreiteten eine Aura von Furcht und Schrecken um sich.

Die meisten Kuriere waren Japaner. Sie ahnten, dass sie es mit der Yakuza zu tun bekamen. Allein dieser Gedanke ließ sie vor Angst erstarren. Jeder Anwesende hoffte, dass die drei Anzugträger nicht ausgerechnet ihm an den Kragen wollten.

Der Dicke am PC sprang auf und machte eine tiefe Verbeugung. Er hieß Mitsori und hatte Gosho einmal persönlich kennengelernt.

Mitsori hatte Spielschulden gehabt, die Gosho eingetrieben hatte. Nur dank seiner Familie war es dem Übergewichtigen gelungen, das Geld zurückzuzahlen. Er hatte gehofft, Gosho niemals wiedersehen zu müssen.

»Was für eine Ehre, Gosho-san«, sagte Mitsori, der eine besonders höfliche Anrede wählte. »Was kann ich für Sie tun?«

»Ist hier eben ein blonder Gaijin im Kimono reingekommen?«

»Jawohl, Gosho-san. Einer unserer Fahrer, vermute ich. Er hat sich in die Umkleide begeben.«

Gosho schickte Sakura mit einem knappen Kopfnicken dorthin. Im Handumdrehen war der Kumpan wieder da. Er hielt den Kimono in den Händen.

»Das Vögelchen ist ausgeflogen, Gosho«, sagte Sakura.

»Das sehe ich selber«, blaffte Gosho und wandte sich wieder an Mitsori. »Bist du sicher, dass der Gaijin für euch arbeitet? Er ist fremd hier und kennt Tokio nicht. Wie sollte er als Radkurier arbeiten? Hältst du mich für dämlich, Schwabbel?«

»Niemals, Gosho-san.« Auf Mitsoris Stirn perlte Angstschweiß. »Ich – kenne den Gaijin nicht. Hier arbeiten so viele Leute, da kann man schon mal den Überblick verlieren. Aber einer unserer Fahrer meldete eben, dass ihm sein Rad geklaut wurde.«

»Das wird der Gaijin genommen haben«, knurrte Gosho. »Aber was nützt uns dieses Wissen? Er trägt jetzt wahrscheinlich die blöde Uniform eurer Firma, wie sollen wir ihn finden?«

»Unsere Räder können per GPS geortet werden«, verkündete Mitsori stolz. Er deutete auf seinen Flatscreen-Bildschirm. »Sehen Sie, Gosho-san? Jeder dieser blinkenden Punkte steht für einen unserer Fahrer.«

»Nicht schlecht.« Gosho pfiff durch die Zähne. »Und wo ist jetzt dieser Gaijin?«

»Dort.« Mitsori zeigte auf einen Punkt, der sich durch den Stadtteil Yanaka bewegte. »Es gibt auch eine Funktion, um alle anderen Fahrer auszublenden.« Er hackte auf der Tastatur herum. »Sehen Sie? Jetzt wird nur noch dieser Punkt angezeigt.«

Gosho grinste breit und tätschelte die runde Wange des vor Angst zitternden Angestellten.

»Sehr schön, mein Freund Mitsori. Ich nehme an, du lässt uns dieses Programm gern kopieren, oder?«

»S—selbstverständlich.«

Gosho stieß seinem Kumpan Keiko den Ellenbogen zwischen die Rippen. »Schlaf nicht ein! Du ziehst dir das Programm auf deinen PDA, kapiert?«

Keiko nickte beflissen. Für einen Computerfreak wie ihn war das kein Problem. Es dauerte nur wenige Minuten, bis das GPS-Ortungsprogramm auf dem Mobil-PC des Yakuzas lief.

Der blinkende Punkt zeigte weiterhin den fliehenden Mark an.

»Du wirst uns nicht entkommen, mein Freund«, flüsterte Gosho, während er den LCD-Monitor des PDA betrachtete. Er wandte sich wieder an Mitsori. »Und du hast uns heute nicht gesehen, klar?«

»Selbstverständlich, Gosho-san«, dienerte der rundliche Angestellte.

»Das ist auch besser für dich, Mitsori.«

Um seine Worte zu unterstreichen boxte Gosho ihm in die Magengrube.

VERFOLGUNGSJAGD

Jack hatte sein Frühstück beendet. Hisako holte ihn ab, um mit ihm zur Karate Challenge zu fahren.

Natürlich war Jack aufgefallen, dass sein Bruder nachts überhaupt nicht ins Hotel gekommen war. Allmählich machte er sich doch Sorgen.

Da dudelte plötzlich sein Handy. Flink fischte er es aus seiner Tasche.

»Mark hier. Mann, endlich erreiche ich dich!«

»Sorry, aber ich hatte gestern beim Training und auch danach mein Handy ausgeschaltet. Wo bist du, Mann? Du klingst, als würdest du aus dem Inneren einer Blechbüchse sprechen. Und mein Display zeigt UNKNOWN NUMBER an.«

»Mein Handy ist futsch, aber das ist eine lange Geschichte. Ich rufe von einem öffentlichen Fernsprecher aus an. Ein Japaner hat mir gezeigt, wie das Ding funktioniert.« Mark holte tief Luft und fuhr dann fort: »Hör mal, ich stecke voll in Schwierigkeiten. Da sind ein paar echt krasse Typen hinter mir her.«

»Was für Typen? Was ist geschehen, Mark?«

»Da waren dieser Gosho und seine Kumpels in einer Pachinko-Halle und ... Ach, erkläre ich dir alles später. Jedenfalls kann ich nicht ins Hotel kommen, weil die mir bestimmt auflauern. Können wir uns nicht treffen? Ich steck echt in der Klemme.«

»Okay, ich komme«, seufzte Jack. Mark in Trouble – das war ja nichts Neues. »Wo genau bist du?«

»Wenn ich das wüsste, Bruderherz. Auf jeden Fall ist hier ein riesiger Fischmarkt.«

»Warte mal, ich frag eben jemanden, der sich auskennt.«

Jack wandte sich an Hisako.

»Dein Bruder ist beim Tsukiji-Fischmarkt«, war die junge Japanerin überzeugt. »Er soll sich südlich der großen Auktionshalle hinstellen, da können wir ihn am ehesten finden.«

Jack gab die Info an Mark weiter.

»Okay, mach ich. Mit wem hast du da gesprochen?«

»Das wirst du schon noch früh genug erfahren.«

»Beeil dich, ja? Ich hab echt ein mieses Gefühl. Ich trage übrigens so ein grün-schwarzes Radkurier-Dress.«

»Wieso das denn?«

»Lange Geschichte. Ich muss Schluss machen, meine Münzen sind gleich alle und ...«

In diesem Moment brach das Telefonat ab. Ratlos steckte Jack sein Handy wieder in die Tasche.

»Wir sollten keine Zeit verlieren«, meinte Hisako, nachdem Jack ihr erzählt hatte, was er von seinem Bruder erfahren hatte. »Wenn wir die U-Bahn nehmen, können wir in einer guten halben Stunde dort sein.«

»Willst du mitkommen?«

»Sicher. Ich kenne mich in Tokio besser aus als du, schließlich wurde ich hier geboren.«

»Klar, aber ... Wir versäumen die Challenge, Hisako.«

»Das weiß ich.« Die junge Japanerin schaute ihn direkt an. »Diese Typen, mit denen dein Bruder Ärger hat – ich fürchte, die gehören zur Yakuza.«

»Meinst du echt?«

»Ich will dir keine Angst einjagen, aber denkbar wäre es. Pachinko, Glücksspiel, Wetten – bei diesen ganzen Sachen hat die Yakuza ihre Finger im Spiel. Es ist gut möglich, dass dein Bruder einen dieser Gangster kennengelernt hat.«

»Verflixt.« Jack schüttelte wütend den Kopf. »Mark ist echt ein Meister darin, sich ständig in Schwierigkeiten zu bringen. Er hat eigentlich immer Trouble, aber bisher ist er immer mit einem blauen Auge davongekommen.«

»Lass uns losdüsen«, drängte Hisako. »Je eher wir deinen Bruder treffen, desto besser.«

»Es ist mir echt total peinlich, dass Mark schon wieder Ärger macht. Er weiß genau, wie sehr ich mich auf die Karate Challenge gefreut habe.«

»Er ist dein Bruder und du musst ihm helfen«, stellte Hisako klar. »Meine kleine Schwester ist auch manchmal ein richtiger Satansbraten, der mir den letzten Nerv raubt. Aber ich würde sie niemals sitzen lassen.«

Jack bewunderte Hisako für ihre Einstellung. Er selber war oft häufig genug der Meinung, auf seinen großen Bruder gut verzichten zu können.

Aber andererseits ... Irgendwie würde ihm auch was fehlen, wenn Mark nicht wäre. Er gehörte zu Jacks Leben, genau wie Mom und Dad und die Großeltern.

Okay, Jack hatte seinen Bruder schon oft verflucht. Aber der Gedanke, dass jemand Mark an den Kragen wollte, machte ihn richtig sauer.

Hisako lotste Jack in die richtige U-Bahn, die wie üblich in Tokio hoffnungslos überfüllt war.

»Der Fischmarkt von Tokio hat sich zu einer richtigen Touristenattraktion gemausert«, erklärte sie. »Es wimmelt dort mittlerweile derart von fotografierenden Fremden, dass es die Händler voll abnervt. Sie haben schon immer sehr hart gearbeitet, und jetzt springen ihnen auch noch die Touris zwischen den Füßen herum. Du musst damit rechnen, dass nicht jeder freundlich zu dir ist.«

»Damit kann ich leben.«

»Du machst dir total Sorgen wegen deines Bruders, oder?«

»Ehrlich gesagt, ja. Mark hat voll panisch geklungen. So hab ich ihn noch nie erlebt. Er hat schon oft Mist gebaut, aber diesmal hat er sich scheinbar selbst übertroffen.«

Hisako gab Jack einen Kuss auf die Wange. »Es wird alles gut, Jack.«

Der Junge war total dankbar, dass Hisako ihm zur Seite stand und er Mark nicht allein raushauen musste. Ohne das japanische Girl hätte er in dieser fremden Stadt ganz schön alt ausgesehen.

Wieso hatte Mark gesagt, er würde eine Radkurier-Uniform tragen? Und wo war sein Handy abgeblieben? Das alles kam Jack verflixt spanisch vor. Und das in Japan.

Obwohl die U-Bahn mit Fullspeed durch die Tunnel raste, konnte es Jack nicht schnell genug gehen. Er spürte, dass sein Bruder dringend Hilfe brauchte.

IN DER FALLE

Mark hatte Fisch immer schon gehasst.

Er hätte selbst nicht sagen können, wie es ihn ausgerechnet auf dieses riesige Marktgelände verschlagen hatte. Er war einzig und allein darauf erpicht gewesen, Goshos Sportkarre abzuschütteln. Das war ihm offenbar gelungen, denn weit und breit konnte er keine Dodge Viper entdecken. Die einzigen Fahrzeuge unten am Hafen waren die Vans und Trucks der Restaurants und Fischhändler.

Der Tsukiji-Fischmarkt wirkte wie eine kleine Stadt innerhalb der Metropole Tokio. Und alles stank nach Meeresgetier!

Mark hätte sich lieber einen anderen Treffpunkt aussuchen sollen, aber dafür war es zu spät. Es würde ihm nichts anderes übrig bleiben, als hier auf Jack und dieses japanische Mädchen zu warten.

Was das wohl für ein Girl war? Jack war ja ansonsten nicht gerade ein Mädchenschwarm, soweit Mark das mitgekriegt hatte.

Plötzlich wurde ihm klar, dass er kaum was über seinen jüngeren Bruder wusste. Und doch war Jack momentan der einzige Mensch, der ihm aus seinem Schlamassel heraushelfen konnte. Jedenfalls hoffte Mark, dass Jack das konnte.

Immer wieder glotzte er nervös in alle Richtungen. Die große Auktionshalle hatte er gefunden. Von dem Mountainbike war Mark abgestiegen. Er hielt es aber immer noch am Lenker fest, damit er im Notfall sofort in den Sattel springen und den Abgang machen konnte.

Elektrokarren sausten an ihm vorbei, die kleine Loren mit riesigen Plastikwannen voller Fisch zogen. Er musste aufpassen, dass die Weißkittel-Fahrer ihm nicht über die Zehen düsten.

Es herrschte eine actiongeladene Atmosphäre. Die Leute riefen wild durcheinander und gestikulierten, hier und dort wechselte ein dickes Bündel Geldscheine den Besitzer. Und wohin das Auge blickte – überall Fische. Riesige Thunfische und winzige Krebse, King Prawns und anderes exotisches Meeresgetier, wie es Mark noch nie gesehen hatte.

Er verglich den Markt mit der New Yorker Börse, die er mal in der Glotze gesehen hatte. Nur wurde hier eben nicht mit Wertpapieren gehandelt, sondern mit Fisch. Obwohl er den Geruch immer noch fies fand, nahm ihn die fiebrige Atmosphäre gefangen. Seine Wachsamkeit ließ nach, zeitweise vergaß er sogar seine Furcht.

Und dann war plötzlich alles zu spät. Eine Hand packte Mark von hinten an der Schulter.

»Hey, Kleiner!«, sagte Mark erleichtert. »Du kannst einen ja zu Tode erschrecken, du ... oh, nein!«

Mark hatte sich umgedreht und wurde ganz blass im Gesicht.

Dazu hatte er auch allen Grund. Denn es war nicht Jack, der sich an ihn herangeschlichen und ihn berührt hatte.

Er blickte in das grinsende Sonnenbrillen-Gesicht von Gosho!

Mark wollte sich losreißen und abhauen. Aber da waren noch zwei weitere junge Japaner. Die drei nahmen Mark in die Zange. Er konnte nicht mehr den langen Schuh machen.

Marks Blick zuckte hin und her. Vorhin hatte er zwei uniformierte Polizisten auf Fußstreife gesehen. Aber wohin waren die Beamten verschwunden?

Es war, als hätte Gosho seine Gedanken gelesen.

»Du wirst doch hier keinen Zoff machen, oder? Dir hilft sowieso keiner, vergiss es einfach. Die Leute sind nur mit ihren Fischen beschäftigt, die sind nämlich ihr Eigentum. Das verstehst du doch, oder? Eigentum ist wichtig – so wie der Mazda RX-8, der mir gehört. Oder die 10.000 Dollar, die ich auf dich gesetzt habe.«

Mark brach der kalte Schweiß aus. Seine Knie wurden weich wie Pudding.

»Hör zu, Gosho – ich kann alles erklären ...«

»Du wirst dazu noch reichlich Gelegenheit haben. Du kommst jetzt mit uns, verstanden? Das Rad lässt du hier. Du wirst es nicht mehr brauchen, denn ein weiteres Mal entkommst du mir nicht.« Er stieß den jungen Amerikaner an. »Los, beweg dich. Wir haben um die Ecke geparkt.«

Marks Gedanken rasten. Er musste unbedingt Zeit schinden, das war seine einzige Chance.

»Hey, ihr seid echt cool, Gosho. Wie habt ihr mich nur gefunden? Ich gebe zu, ich wollte euch abschütteln.«

»Das hast du sogar geschafft, mein Freund. Aber du Schwachkopf warst so dämlich, ein Mountainbike mit GPS-Ortung zu klauen. Fremdes Eigentum bedeutet dir offenbar nichts. Aber wir werden dir schon noch Benehmen beibringen.«

»Ich wollte das Rennen gewinnen, ehrlich«, jammerte Mark. »Aber dann war da plötzlich die Polizei, und ich hab Panik geschoben und ...«

»Abmarsch!«

Gosho nickte seinen beiden Kumpanen zu. Sakura packte Mark am linken Arm, Keiko am rechten. Sie wirkten so ernst und zielgerichtet wie zwei Polizisten, die einen Verdächtigen festnehmen. Und doch waren sie selbst die Gangster.

Mark sträubte sich, doch die beiden Yakuzas waren ihm an Kraft und Entschlossenheit überlegen.

Sie hatten gerade erst ein paar Meter zurückgelegt, als Mark plötzlich eine vertraute Stimme vernahm.

»Sofort loslassen!«

JACK GREIFT EIN!

Zum Glück kannte sich Hisako auf dem weitläufigen Gelände des Fischmarkts gut aus. Und so übernahm sie sofort die Führung, nachdem Jack und sie die U-Bahn-Station Tsukijishijo verlassen hatten.

Schon nach wenigen Minuten entdeckten sie Mark – und sahen, dass er von drei Anzugtypen umringt wurde.

Der Junge und das Japangirl liefen sogleich auf Mark zu, wobei sie den unzähligen Transportkarren ausweichen mussten. Außerdem war der Boden auf dem Fischmarkt verflixt glitschig, weil er ständig mit riesigen Wasserschläuchen abgespritzt wurde.

Als zwei der drei Typen Mark an den Armen packten und wie einen Gefangenen mit sich zerren wollten, rief Jack: »Sofort loslassen!«

Der Typ mit der Sonnenbrille drehte sich nach Jack und Hisako um. Er schien der Wortführer der drei Anzugträger zu sein, denn er sagte mit drohendem Unterton: »Was seid ihr denn für Witzfiguren? Mischt euch nicht ein, sonst könnt ihr was erleben!«

Da Jack auf Englisch gerufen hatte, antwortete der Typ mit der Sonnenbrille in derselben Sprache, die er nahezu akzentfrei beherrschte.

»Das ist mein Bruder«, erklärte Mark. »Er ist ein gefürchteter Karatekämpfer!«

»Ach, wirklich?« Der Sonnenbrillentyp wandte sich an die beiden anderen Anzugträger, die Mark gepackt hielten. »Knöpft euch den Kleinen vor, ich hab nicht ewig Zeit.«

Die beiden Japaner stürzten sich auf Jack. Gleichzeitig zog der Sonnenbrillentyp eine Pistole. Offenbar wollte er Mark damit bedrohen und so am Weglaufen hindern.

Aber so weit kam es nicht. Denn kaum hatte er die Waffe in der Hand, als ihn auch schon Hisakos Fußkante traf. Mit einem kraftvollen Tritt kickte sie die Schusswaffe weg.

Die Pistole flog in hohem Bogen durch die Luft und landete in einer Wanne voll glitschigem Fisch.

Währenddessen knöpften sich die beiden anderen Japaner Jack vor. Das heißt, sie versuchten es.

Der eine wollte Jack festhalten, während der andere bereits mit der rechten Faust ausholte. Doch der Karatekämpfer riss sich los und rammte dem hinter ihm stehenden Typen den Ellenbogen in die Magengrube.

Im nächsten Moment tauchte er unter dem Schlag des anderen Gegners weg und brachte diesen mit einem überraschenden Fußfeger zu Fall.

Der Typ mit der Sonnenbrille wollte sich dafür rächen, dass Hisako ihn so überraschend entwaffnet hatte. Er stürmte auf das Mädchen zu. Sein Gesicht war hassverzerrt.

Hisako wich ihm aus und verpasste ihm einen blitzschnellen

Handkantenschlag. Der Kerl taumelte rückwärts und landete in einer Plastikwanne mit Krebsen!

Der Händler fluchte laut und schüttelte drohend die Fäuste, als die noch lebenden Tiere mit dem Wasser aus dem Behälter schwappten und auf den Boden klatschten. Doch er flippte nicht so sehr aus wie der Japaner mit Sonnenbrille, dessen teurer Designeranzug nun mit dem fischigen Wasser getränkt war.

Gosho fluchte, schrie und kreischte vor Zorn.

Marks Mund blieb vor Staunen offen stehen. Er hatte seinen kleinen Bruder noch nie in Aktion erlebt. Nun war es ihm voll peinlich, dass er Jack immer so wegen seiner Karate-Begeisterung hochgenommen hatte. Und erst jetzt begriff Mark, was Jack wirklich draufhatte.

Mark selbst hätte gegen diese drei Gegner null Chancen gehabt, das gestand er sich ein. Deshalb war ihm auch das Herz tief in die Hose gerutscht, als Gosho und dessen Freunde ihn umringt hatten.

Jack aber schien keine Furcht zu kennen. Blitzschnell hatten sich er und das Japan-Girl gegen die Gegner durchgesetzt.

»Los, Abflug!«, rief er Mark zu.

»Das wird euch noch leidtun!«, schrie Gosho, der sich mühsam aus der nassen Wanne stemmte.

Mark, Jack und Hisako rannten davon. Mark ließ das Mountainbike zurück. Es wäre auch nicht sehr clever gewesen, den Drahtesel mit der GPS-Ortung weiterhin mitzunehmen.

»Wer ist denn dieser Sonnenbrillen-Clown, der gerade so die dicke Lippe riskiert hat?«, wollte Jack wissen, während sie sich so schnell es ging durch den Fischmarkt bewegten.

»Das ist Gosho, und er ist verflixt gefährlich«, antwortete Mark. »Die beiden anderen Japaner sind Freunde von ihm.«

»Yakuza, wenn ihr mich fragt«, mischte sich Hisako ein. »Ich erkenne solche Finsterlinge auf drei Kilometer gegen den Wind.«

Während des Wortwechsels liefen die Flüchtenden quer durch das unüberschaubare Gelände des Fischmarkts.

Gosho und seine Kumpane hatten inzwischen die Verfolgung aufgenommen. Natürlich zu Fuß, denn mit dem Auto wären sie zwischen den Fischbehältern und den zahlreichen Händlern und Kunden nicht durchgekommen. Selbst die schmalen Elektrokarren hatten allzu oft Mühe, sich Platz zu verschaffen.

»Wie konntest du dich nur mit solchen Ganoven einlassen?«, fragte Jack seinen Bruder erbost.

»Die Moralpredigt kannst du dir sparen!«, antwortete dieser aufgebracht. »Aber ... hey, danke für die Rettung.«

Jack konnte sich nicht erinnern, dass sich Mark jemals bei ihm bedankt hatte. Diesen Tag konnte er sich rot im Kalender anstreichen.

Aber momentan war ihm nur wichtig, dass sie die Verfolger abschüttelten.

»Wohin laufen wir eigentlich?«, fragte er Hisako.

»Mein Onkel Toshi verkauft hier auf dem Markt Thunfische. Ich denke, bei ihm sind wir sicher.«

Jack fragte sich, wie Hisako zu dieser Annahme kam. Dieser Gosho hatte auf ihn nicht den Eindruck gemacht, als würde er sich von einem einfachen Fischhändler einschüchtern lassen. Jack kannte solche Typen, es gab sie auch in den USA und wahrscheinlich in jedem Land auf der Welt. Am besten war es, solchen Kriminellen aus dem Weg zu gehen.

Meister Matani hatte Jack immer wieder eingeimpft, unnötige Kämpfe zu vermeiden. Ein Karate-Fighter hatte es nicht nötig, sich mit jedem Straßenschläger anzulegen. Er setzte seinen Körper nur dann als Waffe ein, wenn es sich absolut nicht vermeiden ließ.

Jack warf einen Blick über die Schulter. Gosho und die anderen Verbrecher blieben am Ball. Sie schienen einen echten Hass auf Mark zu haben.

Was war nur geschehen? Jack musste unbedingt erfahren, wieso Mark Trouble mit diesem Gosho hatte.

ONKEL TOSHI

Hisako hatte die Führung übernommen und die beiden Brüder rannten hinter der Japanerin her. Sie durften sie nicht aus den Augen verlieren, was gar nicht so einfach war.

Plötzlich hob Hisako den Arm und rief lachend: »Ohajoh gozaimass!«

Wie Jack später erfuhr, bedeuteten diese japanischen Worte einfach nur »Guten Morgen«.

Ein Fischhändler erwiderte grinsend ihren Gruß. Das musste Hisakos Onkel Toshi sein.

Und nun kapierte Jack, warum dessen Nichte sich bei ihm sicher fühlte.

Onkel Toshi war ein Riese.

Jack schätzte, dass der Fischhändler beinahe zwei Meter groß war. Das war selbst für amerikanische Verhältnisse nicht übel, aber unter den durchschnittlich viel kleineren Japanern wirkte er regelrecht imposant.

Doch Hisakos Onkel Toshi war nicht nur ungeheuer groß, er brachte auch ansonsten ein ziemliches Gewicht auf die Waage.

Seine zwei Gehilfen waren nicht ganz so groß wie er, aber auch sie waren echte Wuchtbrummen.

Alle drei begrüßten Hisako, Jack und Mark sehr freundlich.

»Das ist mein Onkel Toshi«, stellte die Japanerin ihn vor. »Im Hauptberuf ist er Fischhändler, nebenbei Sumoringer – genau wie seine Assistenten.«

Jack verstand. Sumoringer waren allein schon durch ihre Körpermasse gefürchtete Gegner. Obwohl Jack ein erfahrener Karatekämpfer war, hätte er sich nicht gern mit einem von ihnen angelegt, denn unter den vielen Schichten Fett verbargen sich beachtliche Muskelmassen.

Die meisten Schläge und Tritte prallten fast wirkungslos an ihnen ab. Und wenn sie sich mit ihrem Gewicht auf ihren Kontrahenten warfen, konnte dem Hören und Sehen vergehen.

»Wollt ihr einen Schluck Jasmintee?«, fragte Onkel Toshi.

In diesem Moment hatten Gosho und dessen Handlanger die drei Flüchtenden eingeholt. Allerdings hielten sie respektvoll Abstand, als sie Onkel Toshi und dessen Gehilfen erblickten.

»Mark, du kannst dich hinter diesen Sumo-Typen verstecken!«, rief Gosho erbost. »Aber früher oder später krieg ich dich. Dann nehme ich dich, deinen Bruder und diese kleine Göre auseinander!«

Onkel Toshi verkniff die Augen zu engen Schlitzen, sodass sie zwischen den Fettwülsten in seinem Gesicht kaum noch auszumachen waren. »Macht euch dieser geschniegelte Sonnenbrillen-Heini Ärger?«

»Ja, Onkel Toshi.«

Der Freizeit-Sumoringer nickte nur kurz. Dann packte er mit

einer blitzschnellen Bewegung einen unterarmlangen Fisch am Schwanz und schleuderte das Tier in Goshos Richtung.

Jack war baff. Der Fisch klatschte Gosho mitten ins Gesicht.

Der Yakuza verlor seine Sonnenbrille und wurde durch die Trefferwucht glatt von den Beinen gerissen. Es sah einfach zum Schießen aus. Die Fischhändler, Kunden und Touristen ringsum brachen in schallendes Gelächter aus.

Sakura und Keiko halfen ihrem Boss auf die Beine. Zu dritt machten sie sich aus dem Staub.

»Endgültig sind wir den noch nicht los«, meinte Jack, nachdem er sich von seiner eigenen Lachattacke erholt hatte. »Aber er wird einstweilen den Ball flach halten.«

»Super gemacht, Onkel Toshi«, freute sich Hisako.

»Dann könnt ihr ja jetzt in Ruhe euren Tee trinken«, sagte der Freizeit-Sumoringer freundlich lächelnd.

Jack nickte – und packte seinen älteren Bruder am Kragen.

»Hey, was soll das?«, protestierte Mark.

»Ich will jetzt wissen, was zwischen dir und diesem Gosho abgelaufen ist. Und keine Ausflüchte, kapiert?«

Mark biss die Zähne zusammen. Aber ihm war klar, dass er nur von Jack Unterstützung erwarten konnte. Also erzählte er in einer Schnellversion, was passiert war.

Natürlich versuchte sich Mark in einem möglichst positiven Licht erscheinen zu lassen. Aber Jack durchschaute ihn. Schließlich kannte er seinen Bruder schon lange genug.

»Zur Polizei kannst du also nicht gehen«, sagte Jack schließlich. »Die würde dich gleich drankriegen, weil du Formel-Eins-Pilot für Arme gespielt hast.«

»Ich weiß jetzt selbst, dass ich Mist gebaut habe«, klagte Mark. »Das musst du mir nicht auch noch unter die Nase reiben.«

»Dieser Gosho wird nicht nachgeben«, war Hisako überzeugt. »Sonst verliert er vor seinen Yakuza-Freunden das Gesicht. Und das ist das Schlimmste, was einem Japaner passieren kann.« Sie sah Mark an und erklärte: »Du hast Schande über ihn gebracht, weil er wegen dir die Wette verloren hat und du außerdem noch mit seinem Mazda weggedüst bist. Darum muss er es dir heimzahlen.«

»Das sind ja schöne Aussichten«, seufzte Jacks älterer Bruder. »Und wie kommen wir aus der Nummer wieder raus?«

Wieso wir?, dachte Jack. Doch er wusste natürlich, dass er seinen Bruder nicht hängen lassen konnte. Das ging schon mal gar nicht. Und auch Hisako war nun in die Sache verwickelt. Allein schon, weil sie Gosho die Pistole aus der Hand getreten hatte. Das würde der Yakuza ebenfalls nicht auf sich sitzen lassen, daran hatte Jack keinen Zweifel.

»Wir können nicht ewig hier rumhängen, sonst verwandeln wir uns noch selbst in Fische«, sagte Jack schließlich. »Lasst uns zur Karate Challenge fahren. Dort sind wir auch sicher. Gosho wird sich nicht an einen Ort wagen, wo so viele Karatekämpfer versammelt sind. Jeder von ihnen wird uns beistehen, weil wir durch den Sport miteinander verbunden sind.«

Hisako stimmte ihm sofort zu, und auch Mark konnte sich mit dem Gedanken anfreunden. Ihm war alles recht, solange er nicht noch einmal in Goshos Krallen geriet.

BUCHTPIRATEN

Jack stand mächtig unter Strom, obwohl er äußerlich völlig cool wirkte. Seine Blicke scannten die Umgebung, außerdem lauschte er selbst auf das kleinste Geräusch.

Er war fest davon überzeugt, dass dieser Gosho eine neue Teufelei plante. Solche Typen gaben nicht auf, auch wenn sie eins auf die Nase bekamen.

Auch Hisako hielt nach möglichen Gegnern Ausschau.

»Wir sollten besser die Polizei verständigen, Jack. Die Yakuza sollte man nicht unterschätzen, echt. Diese Kerle sind zu allem fähig.«

»Das glaube ich dir, Hisako. Aber du hast gehört, was für einen Blödsinn Mark gemacht hat. Er hängt selbst ganz böse in der Geschichte mit drin. Ich will meinen Bruder da raushalten.«

»Okay, das verstehe ich. Trotzdem sollte man sich besser nicht mit der Yakuza anlegen. Das hat nichts mit Feigheit zu tun.«

»Du meinst es gut, Hisako. Das weiß ich. Aber ich muss zu meinem Bruder halten, auch wenn er manchmal der Obernerver ist.«

»Das habe ich gehört, du Hirni«, mischte sich Mark ein, der hinter den beiden hertrottete.

In Wirklichkeit war er total stolz darauf, dass Jack so kompromisslos zu ihm stand. Jack riskierte einiges, indem er Mark half. Am Ende würde er vielleicht sogar noch aus seiner heiß geliebten Challenge rausfliegen. Das wäre wirklich krass.

Eigentlich ist mein kleiner Bruder gar nicht mal so übel, beschloss Mark für sich.

Falls Gosho und dessen Leute das Trio weiterhin im Auge hatten, stellten sie sich dabei ziemlich clever an. Nirgendwo war eine Dodge Viper zu sehen. Und die einzigen Anzugträger, die ihnen begegneten, waren harmlose Büroangestellte in mittleren Jahren.

»Hey, wir haben diesen Angeber wirklich abgeschüttelt!«, freute sich Mark.

Jack war davon nicht überzeugt. Er rechnete jederzeit mit einer neuerlichen Attacke. Als Karatekämpfer war er darauf trainiert, auf einen Angriff aus dem Hinterhalt reagieren zu können.

Viel lieber wäre er mit Hisako allein gewesen. Doch von solchen romantischen Gefühlen durfte er sich nicht ablenken lassen. Jack hatte sich nun einmal dafür entschieden, seinem Bruder zu helfen. Nun musste er das auch tun, mit allen erdenklichen Folgen, die das haben konnte.

Hisako nahm die Jungen mit zur U-Bahn-Station. Im Zug passte Jack weiterhin höllisch auf. Doch die kurze Fahrt verlief ohne Zwischenfälle.

Schließlich erreichten sie den Anleger, um auf die künstliche Insel Odaiba überzusetzen.

»Stechen wir jetzt in See?«, wunderte sich Mark. »Ich dachte, euer Karate-Dingsbums findet in Tokio statt.«

»Das ist auch so«, erklärte Hisako. »Aber auch diese kleinen Inseln in der Bucht gehören zu Tokio. Dort hinten, siehst du? Auf Odaiba gibt es nicht nur die Kongresshalle, in der die Karate Challenge stattfindet, sondern auch einen Strand, ein Riesenrad, eine Kopie eurer Freiheitsstatue, Shopping Malls und ein öffentliches heißes Bad. Also, langweilig ist es dort gewiss nicht.« Sie grinste Mark frech an. »Ach ja, und Pachinko kann man auch spielen.«

»Hör bloß auf.« Marks Gesicht verzerrte sich zu einer Grimasse. »Vom Pachinko bin ich gründlich geheilt.«

Als sie an Bord gingen, verloren Jack und Mark kurzzeitig Hisako aus den Augen. Es wimmelte vor japanischen Familien mit Kindern, vor Tagesausflüglern und Touristen mit umgehängten Kameras.

Jack bekam schon die Panik, doch da erschien seine Freundin wieder auf der Bildfläche.

»Wo warst du denn?«

»Ich musste mir kurz mal die Nase pudern«, sagte sie und lachte. »Solche menschlichen Bedürfnisse hat auch eine Karatekämpferin.«

Jack war einfach nur erleichtert, dass ihr nichts geschehen war. Er legte den Arm um ihre Schultern.

Gemeinsam mit Mark stellten sie sich an die Reling und beobachteten das Ablegemanöver der Fähre. Ein Zittern durchlief das kleine Fährschiff, als die Maschinen ihre Arbeit aufnahmen und die Schiffsschrauben das Wasser quirlten.

Allmählich entspannte sich Jack etwas. Hatte er wegen diesem Gosho vielleicht zu viel Panik geschoben? Der Typ war schließlich nicht Superman.

Doch das mulmige Gefühl in seiner Magengegend wollte nicht weichen. Etwas stimmte nicht. Aber was?

»Wir halten den Kurs nicht«, stellte Hisako fest. »Wieso fährt der Kapitän plötzlich Richtung Westen? So kommen wir nie nach Odaiba.«

Nun bemerkten auch Jack und Mark, was die Japanerin meinte. Die Insel, die zuvor unmittelbar vor der Fähre am Horizont gelegen hatte, rückte immer weiter in die Ferne. Das Schiff hielt nicht auf sie zu, sondern würde seitlich an ihr vorbeifahren.

Aber warum?

Jack drehte sich um.

Plötzlich ertönte ein Panikschrei aus den Kehlen zahlreicher Passagiere. Und dann erkannte auch Jack, was Phase war.

Auf dem Brückennock, also auf dem seitlich am Ruderhaus gelegenen offenen Deck, stand hoch über den Köpfen der Reisenden der Kapitän.

Und direkt neben ihm befand sich ein junger Mann, der ihm die Mündung einer Pistole an die Schläfe hielt.

Es war Gosho!

Der Yakuza trug nun einen frischen Anzug. Er hatte sich nach seinem Bad in der Fischwanne umgezogen und sich außerdem eine neue Waffe besorgt.

Jedenfalls hatte der Verbrecher wieder Oberwasser. Er lachte höhnisch, als er Jack, Hisako und Mark bemerkte und kostete seinen Triumph voll aus.

»Es gibt eine kleine Fahrplanänderung!«, rief der Yakuza auf Japanisch. Dann wechselte er ins Englische und rief den drei Freunden zu: »Ihr habt es ja immer so eilig zu verschwinden. Aber hier auf der Fähre könnt ihr mir nicht entkommen. Vor allem nicht, wenn ich sie umleite!«

»Woher wusste der, dass wir die Fähre nehmen?«, murmelte Jack. Gleich darauf erkannte er die Antwort auf seine Frage.

Mark hatte ja überall rumgetönt, dass sein Bruder bei der Karate Challenge mitmachte. Gosho hatte nur herausfinden müssen, wo der Wettbewerb stattfand – nämlich auf der Insel Odaiba.

»Lass den Blödsinn, Gosho!«, rief Jack. »Du willst uns drei, das ist okay. Aber die übrigen Passagiere haben nichts damit zu tun!«

»Wie edel von dir, großer Karatekämpfer!«, spottete der Yakuza. »Aber wie sagt man bei euch: Mitgefangen, mitgehangen! Was mit den übrigen Passagieren geschieht, entscheide ich später. Jetzt seid ihr erst mal dran.« Dann rief er wieder auf Japanisch: »Schnappt sie euch!«

Goshos letzter Satz war ein Befehl an seine Leute. Jack bemerkte, dass sich etliche Yakuzas auf dem Schiff befanden. Es waren ausnahmslos junge Typen in coolen Anzügen, die sich auf einmal zwischen den verängstigten Passagieren hindurchdrängten. Sie hatten es meisterhaft verstanden, sich versteckt zu halten.

Jack biss sich auf die Lippen. Er war in Goshos Falle getappt. Aber wie hätte er ahnen sollen, dass der Yakuza gleich eine ganze Fähre entführen würde, nur um sie in seine Finger zu bekommen?

Er konnte sich später Vorwürfe machen. Jetzt musste er sich erst mal um seine Widersacher kümmern.

»Ich will sie lebend!«, rief Gosho seinen Handlangern zu. »Damit ich sie mir persönlich vorknöpfen kann!«

KAMPF AUF DER FÄHRE

Die Passagiere gerieten in Panik. Frauen schrien auf, Kinder weinten. Natürlich wussten die Leute überhaupt nicht, was die Aktion sollte.

Jack wollte sich auf keinen Fall einfach von den Verbrechern einfangen lassen. Aber er musste alles daran setzen, dass nicht Unbeteiligte zu Schaden kamen.

»Du bleibst hinter mir!«, sagte er zu Mark.

Hisako konnte auf sich selbst aufpassen, das wusste Jack. Er hatte schließlich schon beim Training am eigenen Leib erfahren, wie extrem tough die Blaugürtel-Trägerin war.

Gleich würde sie erneut unter Beweis stellen können, was in ihr steckte, denn einige der Dunkelmänner umkreisten das Trio von mehreren Seiten und griffen an.

Jack stieß einen Karate-Kampfschrei aus, rammte einem Gegner seinen Fuß seitwärts gegen die Hüfte. Der Kerl verlor das Gleichgewicht, stolperte und krachte gegen seinen Nebenmann.

Ein anderer Yakuza hatte einen langen Stock bei sich, mit dem er Jack den Scheitel nachziehen wollte.

Jack wich dem Schlag aus und zog mit beiden Händen an

dem Schlagarm seines Widersachers. Damit hatte dieser nicht gerechnet. Er taumelte gegen die Reling und wäre beinahe über Bord gegangen. Jedenfalls verlor er seine Waffe, die im Wasser der Bucht von Tokio verschwand.

Die umstehenden Passagiere waren längst kreischend geflüchtet, was Jack nur recht sein konnte. So wurden sie nicht verletzt, denn bei so einer Schlägerei, bei denen die Handkanten und Füße nur so durch die Luft wirbelten, konnte es leicht auch einen Unbeteiligten treffen.

Auch Hisako hatte alle Hände voll damit zu tun, ihre Angreifer abzuwehren. Die Kerle hatten geglaubt, bei einem Mädchen leichteres Spiel zu haben. Aber sie mussten schmerzhaft feststellen, was für ein harter Brocken Hisako war.

Die Japanerin feuerte einem Yakuza mit einer blitzschnellen Links-Rechts-Kombination ihre Fäuste ins Gesicht. Ihre Attacken kamen so schnell, dass er sie nicht abwehren konnte.

Ein anderer Kerl packte sie und wollte sie zu Boden werfen. Doch sie wand sich wie eine Schlange aus seinem Griff, wandte einen Fußfeger an und ließ ihn auf das Deck krachen.

Der dritte Angreifer zog sich sofort wieder zurück, nachdem er mit ihren Tritttechniken Bekanntschaft gemacht hatte.

Doch schon waren weitere Yakuza-Gangster im Anmarsch. Wenn die Übermacht zu erdrückend wurde, konnten auch Jack und Hisako nichts mehr machen. Sie waren Karatekämpfer, aber keine Übermenschen oder Superhelden.

Außerdem fühlte sich Jack mitverantwortlich für die Entführung der Fähre. Schließlich war Gosho nur wegen ihnen auf das Schiff gekommen.

Jack beschloss spontan, irgendwie auf die Brücke zu gelangen. Ob er es schaffen konnte, den Kapitän aus Goshos Gewalt zu befreien? Er wollte es jedenfalls versuchen.

Doch so einfach war das nicht. Goshos kleine Yakuza-Armee stürmte immer wieder auf das Trio zu.

»Hilfe! Jack!«

Jack wirbelte herum. Mark saß wieder einmal in der Tinte. Diesmal hatte Jacks älterer Bruder die Sache allerdings nicht selbst verbockt.

Zwei von Goshos Männern hatten sich von hinten angeschlichen und Mark gepackt. Irgendwie waren sie Jacks Aufmerksamkeit in dem Durcheinander entgangen.

Jack sprang für seinen Bruder in die Bresche, und das im Wortsinn. Er drehte sich auf dem Absatz, spannte gleichzeitig die Muskeln an, und wie ein Geschoss jagte er durch die Luft.

Sein Fuß hämmerte gegen die Brust des einen Gangsters. Der ließ Mark sofort los und ging zu Boden.

Doch sein Kumpan hatte Jacks Bruder in den Schwitzkasten genommen. Mark keuchte, zappelte, ruderte mit den Armen und versuchte verzweifelt, sich aus seiner misslichen Lage zu befreien.

Das erledigte stattdessen Jack.

Der Yakuza, der Mark gepackt hielt, war mindestens einen

Kopf größer als der junge Karatekämpfer. Doch das glich Jack durch seine Schnelligkeit aus.

Er drehte sich auf dem linken Fuß, hielt das rechte Bein gestreckt, und wie ein Hammer krachte dessen Fußkante gegen den Schädel des Verbrechers. Mit einem wohldosierten Tritt legte Jack den Gangster schlafen.

Mark richtete sich auf und rieb sich stöhnend den Nacken.

»War das krass, der hätte mir beinahe den Kopf abgerissen! Vielen Dank, Bruderherz. Mann, du hast es wirklich drauf. Vielleicht sollte ich auch mal mit Karate anfangen.«

»Dann musst du dich aber mal für ein paar Stunden von deinem Computer loseisen«, gab Jack trocken zurück.

Doch das war nicht der passende Moment für Flachsereien zwischen Brüdern.

Inzwischen hatte nämlich auch Hisako Trouble!

Die Japanerin war von Goshos Männern umringt. Die Kerle standen Seite an Seite, wie eine Mauer aus Körpern.

Noch traute sich keiner von ihnen, Hisako anzugreifen. Schließlich hatten sie gesehen, wie gut das zierliche Mädchen austeilen konnte. Aber wenn sie alle gleichzeitig ihre Attacke starteten, waren Hisakos Chancen dennoch bescheiden.

Hisako brauchte eine Idee, und zwar pronto.

Eigenständiges Denken – das ist der springende Punkt beim Kampfsport. Schläge oder Tritte auswendig lernen, das kann jeder Hirni. Aber ihr Meister hatte Hisako mit auf den Weg gegeben, dass sie in jeder Situation eine selbstständige Entscheidung fällen musste. Und momentan war ein Rückzug die beste Möglichkeit.

Aber wie?

Sicher, sie konnte über die Reling flanken und in das Wasser der Tokio-Bucht springen. Hisako war eine gute Schwimmerin, und sie würde gewiss schnell ein anderes Boot oder Schiff oder das Ufer erreichen. Dann hatte sie sich elegant aus der Affäre gezogen.

Doch was würde dann aus Jack und dessen Bruder werden?

Nein, sie durfte ihren Freund nicht im Stich lassen. Er vertraute ihr, er brauchte ihre Hilfe. Also musste sie auf der Fähre bleiben. Nur dort konnte sie etwas ausrichten.

All diese Überlegungen schossen Hisako während weniger Sekunden durch den Kopf. Die Attacke durch die Yakuza-Übermacht stand unmittelbar bevor. Das spürte sie ganz genau. Zwei oder drei Kerle würde sie ausschalten können, da war sich Hisako sicher. Aber dann würde man sie überwältigen, da machte sie sich keine Illusionen.

Buchstäblich im letzten Moment fiel Hisako die Lösung ein.

Nach unten – ins Wasser – wollte sie nicht entkommen. Den Belagerungsring durchbrechen war ebenfalls nicht realistisch. Es blieb also nur der Weg nach oben, in die Takelage!

Hisako startete durch, bevor sie Angst vor ihrem eigenen Mut bekam. Sie sprang auf die Reling und packte ein Stahlseil, das hinauf zum Vordermast führte.

Das war der Moment, in dem die Yakuza-Gangster angriffen!

Die Kerle glaubten offenbar, Hisako wollte ins Wasser springen. Sie griffen nach ihren Beinen, versuchten sie wieder auf das Deck zu zerren. Doch das hatte Hisako kommen sehen. Sie zog die Knie an und verteilte großzügig ein paar Fußtritte.

Einige der Verbrecher torkelten zurück, während Hisako blitzschnell ihre Beine um die Trosse schlang. Dann, indem sie sich Hand für Hand nach oben zog, glitt sie nach oben.

Die Yakuza-Schläger schrien, drohten und schüttelten die Fäuste. Aber keiner von ihnen hatte Lust, Hisako in die Takelage zu folgen.

Dafür hatte sie vollstes Verständnis. An Deck waren die Schiffsbewegungen beim ruhigen Seegang in der Bucht kaum wahrnehmbar gewesen. Doch hier oben, in luftiger Höhe, spürte Hisako ein unangenehmes Ziehen im Magen.

Der Mast war nicht besonders hoch im Vergleich zu denen von Segelschiffen, aber für Hisako reichte es. Etliche Meter über ihr wehte die japanische Flagge, eine andere Funktion des Mastes konnte sie momentan nicht entdecken.

Es gab eine einzelne Rahe auf halbem Weg zwischen dem Deck und der Mastspitze. Dorthin kletterte Hisako, um auf der metallenen Querstrebe zu verschnaufen. Wenn sie sich gut festhielt, konnte ihr nichts passieren. Sie hatte im Karatetraining gelernt, auf ihren Körper zu vertrauen.

Hisako war erleichtert, als sie die Rahe erreichte. Sie setzte sich, umarmte den Mast und umschlang ihn mit ihren Beinen. Es war praktisch unmöglich, dass sie von dort hinunterfiel, solange sie nicht in Panik geriet.

Immerhin hatte Jacks Freundin von ihrer Position aus einen guten Überblick auf die Ereignisse unter ihr. Und was Hisako dort sah, gefiel ihr gar nicht.

Jack und Mark waren im Dauerstress.

Jack spielte mit den Yakuza-Schlägern Katz und Maus. Er konnte nicht gegen alle Gegner gleichzeitig kämpfen, das wusste er selbst. Wenn er einem von ihnen Mann gegen Mann gegenüberstand, war er dank seiner Karatekunst der Überlegene. Aber wenn sich eine große Übermacht auf ihn stürzte, zog er garantiert den Kürzeren.

Immer noch versuchte Jack, zur Kommandobrücke vorzudringen. Zum Glück hatten sich die Passagiere Richtung Heck zurückgezogen. Daher musste er keine Rücksicht auf sie nehmen. Das war aber auch das einzig Gute, was Jack seiner Lage abgewinnen konnte.

Hisako war in die Takelage geklettert, um der Übermacht auszuweichen. Dafür hatte Jack Verständnis, obwohl er ihre Unterstützung dringend hätte brauchen können. Aber sich selbst nach oben abzusetzen, das kam nicht in Frage. Schließlich musste er Mark beschützen, konnte ihn nicht zurücklassen. Und dass sein unsportlicher Bruder eine Stahltrosse erklimmen würde, war völlig abwegig. Eher würde ein Kühlschrank durch einen brennenden Reifen springen.

Plötzlich wurde Jack attackiert!

Er hatte sich gerade nach Mark umgeschaut und war abgelenkt gewesen. Ein Yakuza sprang hinter einem metallenen Lüfterkopf hervor, der zum Ventilatorsystem unter Deck gehörte.

Der Kerl war offenbar ebenfalls Kampfsportler. Jedenfalls erwischte er Jack mit einem Tritt, einem sogenannten Roundhouse-Kick, und Jack ging zu Boden.

Doch er rollte sich ab und kam sofort wieder auf die Beine. Dann aber geschah etwas, mit dem Jack niemals gerechnet hätte.

Mark stellte sich dem Yakuza entgegen.

»Hey, lass meinen Bruder in Ruhe. Sonst kriegst du es mit mir zu tun.«

Jack konnte nicht glauben, was gerade abging. Einerseits fand er es total super, dass Mark für ihn eintrat. Andererseits war es brandgefährlich, was Mark abzog.

Der Yakuza war offensichtlich ein trainierter Kampfsportler. Er konnte Jacks Bruder im Handumdrehen plätten. Und Jack zweifelte nicht daran, dass er es auch tun würde.

Der Verbrecher hatte erkannt, dass Mark kein ernst zu nehmender Gegner für ihn war. Jedenfalls gönnte er sich ein herablassendes Lächeln, bevor er angriff.

Doch inzwischen war Jack wieder kampfbereit. Adrenalin jagte durch seinen Körper.

Er stieß Mark zur Seite, geriet dadurch selbst ins Trommelfeuer seines Gegners. Nur noch das, was er von Meister Matani gelernt hatte, konnte ihn noch helfen.

Er blockte die gefährliche Faust-Kombination des Yakuza-Gangsters ab. Dieser stieß einen Laut der Überraschung aus. Er checkte, dass er Jack nicht unterschätzen durfte.

Der Verbrecher versuchte einen anderen Trick. Doch Jack durchschaute ihn.

Im nächsten Moment deckte er den Yakuza mit einem Feuerwerk aus Handkantenschlägen ein, die den Gangster zurücktaumeln ließen.

Der Kerl knickte mit dem linken Knie ein und ballerte mit dem Kopf gegen das Lüftungsrohr. Bewusstlos war er nicht, aber ziemlich groggy. Einstweilen stellte er keine Gefahr mehr dar.

All das hatte sich innerhalb kürzester Zeit abgespielt. Jack und Mark hetzten weiter, denn natürlich waren da noch die anderen Yakuza-Handlanger.

»Hey, dem hast du's aber gegeben!«, rief Mark.

»Vergiss es, ich hab einfach Glück gehabt. Das war ein verflixt guter Kämpfer. Übrigens: Danke für deinen Beistand.«

»Ist okay, aber ich hab dir wohl eher im Weg rumgestanden.«

Das stimmte zwar, aber Mark hatte immerhin seinem jüngeren Bruder beistehen wollen. Das war es, was für Jack zählte.

HISAKOS IRRER STUNT

Jack und Mark liefen weiter auf das Steuerhaus zu, wo sich auch die Kommandobrücke befand. Hintereinander sprangen sie die schmale Treppe hoch, die dorthin führte.

Da traten ihnen zwei Yakuza-Schläger entgegen.

Jack war vorn, Mark befand sich drei, vier Treppenstufen unter ihm. Jack als Karatekämpfer wusste, dass jetzt eine überraschende Aktion angesagt war.

Er packte das metallene Geländer, zog die Beine an und verpasste dem vorderen Verbrecher einen gewaltigen Doppeltritt. Dieser Angriff kam so plötzlich, dass der Yakuza die Attacke nicht mehr abschwächen konnte. Er schrie auf, kippte über das Treppengeländer und schlug unten auf.

Der zweite Finsterling wartete nicht, bis sich Jack mit ihm befassen konnte. Stattdessen sprang er selbst den Karatekämpfer an.

Jack wurde gegen die stählerne Wand des Ruderhauses gedrängt, dann begann ihn der Typ zu würgen!

Hatte der Yakuza nicht richtig zugehört? Gosho hatte befohlen, das Trio lebend zu fangen.

Jack reagierte mit antrainierten Reflexen. Er senkte den Kopf, damit sein Kehlkopf nach innen wanderte und unverletzt blieb. Dann packte er mit eisernem Griff die kleinen Finger seines Gegners und bog sie ruckartig nach außen.

Damit hatte der Yakuza nicht gerechnet. Er schrie auf und musste Jack loslassen. Und bevor er checkte, was abging, beendete Jack den Kampf.

Er verpasste dem Kerl einen gewaltigen Ellenbogenstoß. Der Yakuza taumelte die Treppe nach unten. Mark konnte gerade noch ausweichen, um nicht mitgerissen zu werden.

Die Brüder stürmten weiter die Treppe hoch.

Gosho erwartete sie bereits. Er stand immer noch draußen auf dem Brückennock, im Freien außerhalb der überdachten und verglasten Kommandobrücke. Der Wind zauste in seinen gefärbten Haaren. Nach wie vor hielt er den Kapitän mit einer Hand fest, während er mit der anderen die Pistolenmündung gegen die Schläfe seiner Geisel presste.

»Wirklich beeindruckend«, höhnte Gosho. »Du räumst ganz schön auf unter meinen Leuten, Kleiner. Willst du nicht zu uns kommen? Du bist aus anderem Holz geschnitzt als dein Weichei-Bruder.«

»Lass meinen Bruder aus dem Spiel!«, blaffte Jack. »Und nimm deine Finger von dem Käpt'n. Nimm mich als Geisel. Die Passagiere und Besatzungsmitglieder der Fähre haben nichts mit deinem Schwachsinn zu tun.«

Gosho lachte meckernd. »Du bist entweder verrückt oder mega-dreist. Glaubst du im Ernst, du kannst Forderungen stellen?

Vergiss es! Wegen deinem dämlichen Bruder habe ich das Gesicht verloren. Jetzt muss ich eine richtig krasse Aktion starten, damit mein Ansehen wieder steigt.«

Jack stand eine Armeslänge von Gosho entfernt auf dem Brückennock, Mark war einen Schritt hinter ihm. »Und was hast du vor, Gosho?«

»Das wirst du schon noch früh genug erfahren, Kleiner. Der Käpt'n hat auf meinen Befehl hin dem Steuermann einen neuen Kurs einschlagen lassen. Meine Leute erwarten uns bereits, und dann ... Verflucht, was ist das?«

Gosho unterbrach sich. Dann bemerkte auch Jack, was den Yakuza aus dem Konzept gebracht hatte.

Zwei blaue Polizeiboote näherten sich von beiden Seiten der Fähre. Trotz der Entfernung konnte man sehen, dass Beamte mit Helmen und schusssicheren Westen an Bord waren.

Die Patrouillenfahrzeuge hatten offenbar Hochleistungsmotoren. Jedes von ihnen erzeugte eine gewaltige Hecksee, und sie flogen förmlich über die Wellen. In wenigen Minuten würden die Boote längsseits gehen, dann konnten die Polizisten die Fähre entern.

Jack war erleichtert und verblüfft zugleich. Wie hatte die Polizei so schnell mitgekriegt, dass auf der Fähre etwas nicht stimmte? Allzu lange war das Schiff noch nicht von seinem normalen Kurs abgewichen. Hatte der Kapitän noch einen Notruf absetzen können, bevor Gosho ihn als Geisel genommen hatte?

Darüber konnte sich Jack später den Kopf zerbrechen – falls er dann noch dazu kam. Gosho flippte nämlich vollkommen aus.

Er stieß den Kapitän zur Seite, sodass dieser gegen das Schanzkleid des Brückennocks taumelte. Dann richtete der Verbrecher seine Waffe auf Jack und Mark.

»Ihr glaubt wohl, die Bullen könnten euch noch helfen? Da täuscht ihr euch aber gewaltig. Ein Yakuza gibt nämlich niemals auf! Jetzt werdet ihr's bereuen, dass ihr mir Schwierigkeiten gemacht habt.«

Jack war sprungbereit. Gosho würde auf ihn schießen, das stand für ihn fest.

Aber gegen eine Kugel halfen auch die besten Karatekenntnisse der Welt nicht. Darüber machte er sich Jack keine Illusionen.

Da Hisako immer noch hoch auf der Mastrahe hockte, hatte sie die beiden herannahenden Polizeiboote natürlich als Erste gesehen.

Sie war es gewesen, die der Polizei Bescheid gegeben hatte. Sie hatte sich beim Betreten der Fähre kurz auf die Toilette geschlichen und dort mit ihrem Handy telefoniert.

Natürlich hatte Hisako zu der Zeit noch nicht gewusst, dass Gosho die Fähre entführen wollte. Doch als das Mädchen von der Yakuza sprach, war der Polizist hellhörig geworden.

Hisako wusste, dass Jack nicht damit einverstanden gewesen wäre, dass sie die Polizei informierte. Denn er wollte seinen Bruder Mark schützen und ihn vor dem Stress durch die Ordnungs-hüter bewahren.

Aber Hisako wusste, wie gefährlich die japanische Mafia war. Mit den Burschen war nicht zu spaßen. Der Trouble, den sich Mark eingebrockt hatte, konnte die Gefahr nicht aufwiegen, in die sich Jack wegen seines Bruders begab.

Und er bedeutete dem Japangirl zu viel, als dass sie zulassen konnte, dass er weiterhin Kopf und Kragen für seinen hirnlosen Bruder riskierte.

Offenbar hatte man die Polizeiboote losgeschickt, um Jack und Mark beim Verlassen der Fähre aufzugreifen. Als die Fähre dann auf einmal den Kurs änderte, hatte das die Beamten an Bord alarmiert, und sie hatten schnell Schutzwesten und Helme angezogen.

Hisako konnte ihre Ungeduld kaum noch zügeln. Obwohl die Boote wie Pfeile durch das Wasser flitzten, schienen sie sich nur im Zeitlupentempo zu nähern, und Hisako sah natürlich auch, was auf dem Brückennock abging. Dieser Gosho richtete seinen Ballermann auf Jack und Mark.

Würde er wirklich auf die beiden Jungs schießen? Davon musste Hisako ausgehen. Bis die Polizei eintraf, würde es zu spät sein.

Sie musste ihrem Freund helfen!

Aber wie? Hisako saß auf dem Mast, etliche Meter von der Kommandobrücke entfernt. Bis sie aufs Deck geklettert war, würde es zu spät sein.

Da kam ihr eine verzweifelte Idee.

Der Mast war mit mehreren Stahltrossen gesichert, von denen eine auch direkt bis zur Kommandobrücke führte. Wenn Hisako nun hinüberrutschte? Sie befand sich ja ein gutes Stück weit oberhalb der Kommandobrücke.

Das war natürlich nackter Wahnsinn, sie konnte stürzen und sich alle Knochen brechen. Doch etwas Besseres fiel ihr nicht ein.

Hisako löste ihren Ledergürtel, legte ihn über das Stahlseil und benutzte ihn als Schlaufe. Dann packte sie mit beiden Händen fest das Leder und stieß sich mit den Füßen vom Mast ab.

Mit einem irrsinnigen Tempo raste sie hoch über dem Deck auf die Kommandobrücke zu.

Glücklicherweise hatte Gosho ihr den Rücken zugewandt. Daher hatte sie den Überraschungseffekt auf ihrer Seite.

Bremsen konnte Hisako nicht. Sie spannte die Muskeln an, und als sie das Brückennock erreichte, ließ sie die Lederschlaufe los.

Wie ein menschliches Geschoss raste sie von hinten gegen Gosho.

Jack war natürlich ziemlich geplättet von Hisakos waghalsigem Stunt. Dennoch warf er sich auf Gosho, als dieser durch Hisakos Aufprall das Gleichgewicht verlor.

Der Yakuza schrie auf. Jacks brettharter Handkantenschlag traf seinen Unterarm und die Pistole flog in hohem Bogen davon.

Hisako lag am Boden, rührte sich nicht. Sie schien nach dem Mega-Zusammenstoß das Bewusstsein verloren zu haben.

Gosho versuchte zu fliehen, wobei er übel herumtaumelte.

Jetzt, da er keine Waffe mehr hatte und seine Freunde nicht in der Nähe waren, erwies er sich als Feigling.

Doch Jack ließ ihn nicht entkommen. Er packte Gosho am Arm und riss ihn zurück, bevor er die Treppe erreichen konnte.

In diesem Moment ertönten Megaphonstimmen von den Polizeibooten. Jack verstand die Worte nicht, denn es wurde Japanisch gesprochen, aber er wusste, dass sich jetzt die Polizisten um Goshos Komplizen kümmern würden. Von denen hatte der Verbrecher keine Hilfe zu erwarten.

Jack kickte Gosho die Beine weg. Der landete flach auf dem Bauch.

Jack kniete sich auf seinen Rücken und hielt ihm die Arme fest, bis einige Polizisten in voller Gefechtsmontur die Treppe hochgeeilt kamen.

Die Beamten lachten, riefen etwas und klopften Jack auf die Schulter.

»Sie sagen, das hätten sie selbst nicht besser machen können«, übersetzte der Kapitän.

DER NEUE SCHÜLER

Wieder stand Jack in seinem blütenweißen Karate-Anzug auf der Matte. Doch diesmal war einiges anders. Er befand sich immer noch in Tokio und nicht in Los Angeles.

Und er hatte nicht mehr einen blauen Gurt um die Hüften geschlungen, sondern einen braunen. An diesem Tag hatte Jack die schwierige Braungurt-Prüfung bestanden.

Die Zeit war wie im Flug vergangen. Erst hatte Jack befürchtet, aus der Challenge herauszufliegen, weil er sich zusammen mit Hisako unerlaubt vom Acker gemacht hatte. Doch als der Großmeister erfuhr, dass Jack seinem Bruder gegen gemeine Gangster zur Seite gestanden hatte, war Jack begnadigt worden.

Zum Glück hatte Hisako nur ein paar leichte Prellungen von ihrer Stunt-Einlage zurückbehalten. Die hinderten sie nicht daran, bei der Challenge weitermachen. Nun stand sie neben Jack und warf ihm verliebte Blicke zu.

Doch für romantische Gefühle war dies der falsche Zeitpunkt, denn der Großmeister betrat die Trainingshalle. Jack und Hisako knieten nieder und erwiesen ihm die traditionelle Ehrerbietung.

»Ich bin sehr stolz auf euch«, begann der Großmeister. »Ihr kennt natürlich die dritte Regel des Karate, nicht wahr?«

140

»Ja, Großmeister«, sagte Jack. »Sie lautet: Karate ist ein Helfer der Gerechtigkeit.«

Der Japaner nickte zustimmend. »Verbrechensbekämpfung ist natürlich Sache der Polizei. Diese Yakuza-Gangster, mit denen ihr Ärger hattet, sitzen alle hinter Schloss und Riegel. Wie ich höre, werden ihnen zahlreiche Verbrechen zur Last gelegt. Ihre Selbstherrlichkeit ist ihnen zum Verhängnis geworden. Sie haben geglaubt, jede Regel brechen und das Gesetz missachten zu können. Doch ihr habt dem Unrecht Widerstand geleistet und dabei umsichtig gehandelt.«

Hisako erwiderte nichts, obwohl sie selbst ihren Drahtseilakt als reichlich halsbrecherisch empfunden hatte. Umsicht sah anders aus. Aber es war ja noch mal gutgegangen.

»Ihr wartet hier«, fuhr der Großmeister fort, »während ich einen neuen Schüler hole. Ihr habt nach der Braungurt-Prüfung genügend Kenntnisse, um ihm die Grundlagen beizubringen. Indem ihr euer Wissen weitergebt, könnt ihr euch selbst vervollkommnen.«

Jack und Hisako verneigten sich erneut. Gleich darauf verließ der Großmeister den Raum, und sie waren allein.

»Wie geht es eigentlich deinem Bruder?«

»Ach, der ist ganz munter«, antwortete Jack. »Natürlich ging ihm die Muffe wegen der Polizei.«

»Bist du sauer auf mich, weil ich die Beamten alarmiert habe?«

»Kein Stück, und das weißt du auch. Wir hätten ganz schön

alt ausgesehen, wenn die Polizisten nicht die Fähre geentert hätten. Allein wären wir wohl kaum mit diesen Gangstern fertiggeworden – obwohl dein Überraschungsangriff auf Gosho schon ziemlich krass war.«

»Hör bloß auf, mir tun immer noch alle Knochen weh.« Dann wollte sie wissen: »Kriegt denn Mark keinen Stress wegen dieses illegalen Rennens?«

»Doch, aber der Ärger hält sich in Grenzen. Mark ist ja nicht vorbestraft. Es wird wohl darauf hinauslaufen, dass er ein Jahr lang Fahrverbot auf japanischen Straßen kriegt. Aber da wir Ende der Woche sowieso wieder nach Los Angeles düsen, ist das nicht weiter schlimm.«

»Du wirst mir fehlen«, sagte Hisako mit einem wehmütigen Lächeln.

Jack nahm ihre Hand. »Du mir auch, Hisako. Aber wozu gibt es Internet und Webcams?«

»Stimmt, damit können wir uns jeden Tag sehen und miteinander sprechen – wenn auch nur über den PC.«

»Immer noch besser als gar nicht. Und die nächsten Ferien kommen bestimmt. Vielleicht kannst du ja auch mal zu mir in die Staaten kommen.«

»Ja, das wäre total toll. Ich finde nämlich, dass man mit dir nicht nur gut Karate üben kann.«

Hisako zeigte, was sie meinte, indem sie näher an Jack heranrutschte. Im nächsten Moment spürte er ihre süßen Lippen auf seinem Mund.

Jack war jetzt schon traurig, weil er Hisako bald würde Goodbye sagen müssen. Aber andererseits zweifelte er auch nicht daran, dass sie miteinander in Kontakt bleiben würden.

Auf einmal räusperte sich jemand hinter ihnen.

Jack und Hisako fuhren auseinander, als hätte sie jemand mit Wasser begossen. War der Großmeister zurückgekehrt? Wie peinlich.

Aber stattdessen stand der neue Karateschüler in der Tür.

Es war Mark!

Er trug einen Karateanzug mit dem weißen Gurt des absoluten Anfängers.

Jack war total von der Rolle. »Hey, was machst du denn hier? Willst du uns hochnehmen?«

»Wie kommst du denn darauf? Im Gegenteil, es tut mir total leid, dass ich immer so über Karate abgelästert hab. Bei dieser Gosho-Geschichte ist mir klar geworden, wie gut es ist, wenn man sich verteidigen kann.«

»Aber diese Karate Challenge ist nur für absolute Cracks!«

»Schon klar, Jack. Aber einer der Polizisten, die mich vernommen haben, hat wohl auch was mit dem japanischen Karateverband zu tun. Er hat dafür gesorgt, dass ich hier mal reinriechen darf. Ein Schnupperpraktikum, sozusagen.«

Jack grinste. »Also gut, du Schnupperpraktikant. Dann wollen wir mal checken, was du so drauf hast.«